二魚文化

從今往後

楊明

謹以此書紀念
那些在蝴蝶養貓遺失的青春
在龍舌蘭潑灑的歲月
以及終將無處安放的記憶

目錄

自序

自序

愛是沒有人能瞭解的東西
愛是永恆的旋律
愛是歡笑淚珠飄落的過程
愛曾經是我也是你

四年了，我多次夢到你。

一開始，夢裡的你跨越冥界，你清楚我也明白，我們一起守著秘密；後來夢裡你和我說，你有不得已的原由，編出這瞞天大謊，於是我們碰面如情報劇般大費周章；最近，你大方坦然，猶如度假回來，我也不覺有異。

你新開的店在一家 Shoping Mall 的一樓，寬敞明亮，我們坐在鮮豔的L型沙發上用香檳杯喝氣泡白酒，陽光透過玻璃窗幾乎要碰觸到我的手指，有昔時龍舌蘭的熟客進來，悄悄問我：「她回來有事嗎？」我說：「沒事，就是回來不走了。」於是大家安下心來，在這座城市我們又有個地方可以去，可以安放情緒心事和什麼都不想做的時間。

你走後，我頻頻回顧，猶如一個老人，我們的人生是怎麼走到這一步？我於是驚覺，你走了，我也一下老了，我們一路相伴走過的年輕歲月原本那麼確實，如今卻沒了憑據。我開始寫這些發生在我們身上的故事，起初我以爲是爲了兌現你曾經交代我爲你寫傳的玩笑，當時你說書名就用《我的前半生》，說這話時自然沒想到你的一生遠比我們以爲的倉促。在杭州對著電腦的我思緒回溯到臺北，在已然消失不可重現的二十個年頭裡穿行，清楚的意識到時間是不可逾越的鴻溝。我先寫了〈從今往後〉，這是這本書中寫的最順利的一篇，猶如小說開頭說的，你常說我是你最好的朋友，我總得記下些什麼關於你的文字。寫完後，卻覺得還有更多的東西要說，至於那東西是什麼？其實我也說不清，有眷戀，也有怨尤，有不捨得，也有不甘心。我又寫了〈龍舌蘭〉，這次並不順利，我只能以我的視角去看這家曾經在臺北延吉街存在多年的 Pub，天天在那裡出沒的你是一種怎樣的心情？我眞的知道嗎？我隱約覺得你被深邃的黑洞攫住，我沒法分辨是我拉不出你來，還是你根本不想讓我拉出來，我們的關係開始出現矛盾與糾結，但是因爲眷戀，所以隱忍著不戳破。

寫的過程裡，我不禁回憶許多日後的情由端倪是否發生在更早以前，我愈寫愈看見自己過去故意忽略的矛盾，不敢碰觸的糾結。這本書的寫作停了一段時間，走在臺北的我，意識到，不僅是龍舌蘭，還有更早我們在新生南路的經營的蝴蝶養貓，這二十年來，臺北許多曾經留有我們記憶的地方都消失不見了。

歲月將我遺棄在了這一頭，你也是。

龍舌蘭和蝴蝶養貓的朋友們，總以爲我爲你的驟然離世悲傷，其實，很長一段時間我是不可置信，你遺棄了我，將我留在長路的一端。當我開始寫〈不存在的存在，蝴蝶養貓〉，我終於意識到我怎麼都說不完整這個故事，我絮絮叨叨說的只是我的回憶，我的思念，我再也無人可說的話語。

我沒法把你安放在我的文字裡，但是這些文字卻漸漸將我從一種我說不清的情緒裡釋放了出來。

如今，這三篇小說要結集了，他們各自獨立成篇，卻說的是同一個故事，小說裡的人儘管名字不同，但化身的原型重疊。小時侯，我有一本圖畫書，每一頁都有圖有鏤空，一頁圖畫單獨看是一種風景一種想像，一頁疊在另一頁之上，又有不同的風景與想像，這三篇小說也是這樣，故事是延續的，但在不同的人生截面我們看到了不同的圖像。

蝴蝶養貓還在的時候，我們一起去唱K，你總是會點〈不要問我過得好不好〉拉著我一起唱：「不要問我過得好不好，我的心事你應該知道，當寂寞越來越多，驕傲越來越少，只希望有你白頭到老。」是的，我一直以爲不管誰離開了我，你都不會離開，結果你卻毫無預示的徹底離開了我停留的世界。那時曾以爲領略到的蒼涼悲愴，如今想來都因爲年輕，而有了光采，而這些都是你走後，我才明白的。

我依然會突然有打電話給你的衝動，回臺北時有到延吉街找你喝酒的念頭，但是，稍縱即逝。我不再提醒自己你不在了的事實，也不再告訴自己有些話有些事再也無人可說，你的離世是我的慢性病，我會找到新的活法，就像血糖高的人建立不同過往的飲食方式。

前幾天，走在超市，突然聽到這樣的歌：「你會不會忽然的出現在街角的咖啡店，我會帶著笑臉回首寒暄和你坐著聊聊天。我多麼想和你見一面，看看你最近改變，不再需說從前。只是寒暄對你說一句，只是說一句：好久不見。」這些年，我聽到許多情歌想到的都是你，於是，不論行走街頭還是斜倚咖啡店窗邊，總是猝不及防的惹起傷懷。但這一回，我沒有再偷哭，沒有再淚眼模糊，我明白這就是我現在對你的心情。而你，對於這本書，你會怎麼說？

不存在的存在，

蝴蝶養貓

不存在的存在，

蝴蝶養貓

1

臺北變得不一樣了。

三十年，不論對那一座城市都只是一頁歷史吧，埃及的首都開羅，在古代這座城市叫做赫里奧波里斯，是埃及的宗教聖地，大約形成於西元前三千年，距今五千多年。還有一座城市，規模沒有開羅那麼大，但是就古老程度來看則相距不遠，就是位於尼羅河中部的盧克索，在古代這裡是聞名遐邇的底比斯。一座城市可能擁有超過五千年的歲月，三十年在其中，實在算不了什麼，可是對於生活在這三十年的人來說，卻幾乎可以算是一生一世了。

也許你會說，底比斯的蒼老，已經讓人覺得陌生，誰在參加歷史考試之外的時間，還會記得世界上有一座城市叫做底比斯。也對，那麼羅馬呢？我們常說羅馬不是一天建成的，很多人還去那裡參觀過競技場，也許旅行義大利的重頭戲其實是在時尚之都米蘭，但羅馬總是知道的吧。根據傳說和歷史學家的推測，羅馬始建於西元前七五三年四月二十一日，由羅穆盧斯和他的牧民所建。傳說羅穆盧斯和他的孿生弟弟瑞摩斯是戰神之子，但出生後不久便遭國王阿穆利烏斯陷害，被拋棄在臺伯河畔，所幸遇到一頭母狼以自己的奶餵養他們，後來牧羊人發現了，將他們撫養長大，兄弟倆殺死了阿穆利烏斯，建立了羅馬城，至今在羅馬隨處可見母狼育嬰的圖案，就是為了紀念這座城市創始者神奇的身世，圖案已經成為羅馬的市徽。

羅馬城的故事，講到這裡和我們聽到的許多傳說故事相似，好人戰勝壞人一類的。但這個故事的後續是勝利者起了內訌，當然在人類的歷史上這一類的例子很多，還沒取得權力前一起並肩奮戰，取得權力後，如何分配這原本並不在手中的權力，就產生了心結。戰勝後，羅穆盧斯和瑞摩斯對於新城的選址有不同的意見，起了激烈爭執，新仇舊恨一湧而上，更重要的是誰將是新的統治者？他們已然忘記一起吸吮母狼奶水相依為命的幼年時光。最後哥哥羅穆盧斯殺死了弟弟瑞摩斯，成了新城市的最高統治者，並以自己的名字命名這座城市為羅馬。

一座城市的身世是複雜的，這樣的複雜裡，藏著許多人的故事，人是名不見經傳的人，故事自然也沒人知道。但是，一起走過的歲月，即使城市面貌已經改變，親身經歷過的人，總還是記得的。記得那些愛恨嗔怨，記得那些離合悲歡，終至灰飛煙滅。

根據記載，最早生活在臺北的是凱達格蘭人，明代初期漢人來到此地。十七世紀初，西班牙人佔領臺灣北海岸，後又歷經荷蘭人的統治，直到鄭成功趕走荷蘭人。十九世紀中葉，淡水河流域因行船產生貿易，艋舺是重要據點，大稻埕後來居上，臺灣經濟重心開始由南往北移轉。西元一八七五年，清光緒元年，沈葆楨建立了臺北府，統管臺灣行政，從此有了「臺北」之名。一八八四年，臺北府城的城牆和五個城門落成，翌年臺灣建省，並開始修建大稻埕往北至基隆往南至新竹的鐵路，臺灣巡撫衙門及布政使司衙門設置在臺北城，位置就在如今的中山堂，至此臺北市的雛形已初步建立。一八九五年，臺灣割讓給日本，當日本人建成臺灣總督府新廳舍後，拆除了臺北府城城牆及西門，利用拆除後的城牆原址辟築四條三線道路，此時臺北街道的建築風貌略帶歐洲風，經過數十年的建設，這一座城市逐漸具有現代都市的形態。

民國三十八年前後，隨國民黨撤退的二百萬軍民湧入臺灣，使得臺北的人口霎時增加，道路、住宅、學校等設施的新建工程也迅速展開，城市的開發逐漸由原先集中的西側開始向市區東邊的田野拓展。民國六十年，中華民國在聯合國的席位被中華人民共和國所取代，但接下來的三十年裡，臺北市卻持續高度發展，外交趨向弱勢，並不影響這一座城市的生機蓬勃，臺北的樣貌出現明顯變化。市區鐵路地下化、快速道路、捷運通車、公車專用道等交通建設陸續完成，一座城市在新網路的穿引下快速的變化著，如今，臺北的人們有時走過市民大道，還會恍惚間想起這裡原是鐵道。

如果從行政區的劃分來看，臺北設府，始於一八七五年，臺北的歷史只有一百多年，在地表的城市中算是相當年輕的。那麼，臺北市的三十年，不僅對於生活其間的人可能是一生中最珍貴的青春歲月，三十年中，城市的面貌也有了許多不容忽視的改變。原本沒有的道路，現在有了，原本沒有的建築，現在也有了。但曾經存在你附近的商店、餐廳、公車站名、行政辦公室、市場卻消失了。

曾經在你身邊的人無可挽回的離去了。

原本眞實的存在，一旦消失了，這存在就成了不存在。不存在的存在，卻是我們的記憶。

當然城市的生命將繼續延續，城市的歷史會不斷往下發展，於是，年輕如臺北的城市，更多人願意看她未來的發展，而不是頻頻回顧。

原本掙不脫、放不下的情感，終於只剩下了記憶，它們那麼眞實的存在過，如今卻消失的一點痕跡不留。

2

民國七十五年，凱晨在連續落榜兩次後，第三年，她終於考上了臺北工專，來到臺北讀書，這一所學校後來改制升級爲臺北科技大學，但那時候的她還不知道，當然她也不知道，她會因爲一門課三修不過，三專念了五年，最後還是沒有拿到畢業證書。這些事當時的凱晨都還不知道，她高高興興的，滿懷憧憬來到臺北，住在八德路二段靠近遼寧街的一幢老公寓裡，每天走路上學就行了。

二十歲的她喜歡把自己打扮的五顏六色，不可能有人看不見，鮮豔的衣服，誇張的耳環，柔軟的長髮每天變化不一樣的花樣。

有一回，亞璿在合江街辦舞會，這是那個年代大學生流行的活動，男生湊錢租個場地，通常場地很是簡陋，但因爲燈光昏暗，也沒人深究，音樂一放，大家跳起來之後，邀請來的女生長的怎麼樣才是重點。亞璿叫來凱晨，凱晨說我是不跳舞的，亞璿說，那你放音樂好了。亞璿又打電話給希林，知道希林那天沒事，但希林也說我是不跳舞的，亞璿說，不要緊，來湊個人數，人太少了，沒氣氛。

晚上七點半，希林依照亞璿給她的地址找了來，興大法商學院附近一條不寬的巷子，那時的希林當然不會知道日後臺北地圖上將再也沒有這所學校——興大法商，取而代之的是臺北大學，偶爾有人會和凱晨讀了五年沒畢業的臺北科技大學弄錯。若要探究，後來的臺北大學最初是一九四九年設立的臺灣省立行政專科學校，經歷了臺灣省立法商學院和中興大學法商學院的階段，二〇〇〇年正式成爲臺北大學，並擴增了三峽校區。一所學校在半個世紀的時間裡都會或情願或不情願的經歷數度變革，何況是一座城市。

所謂的舞會在一幢老公寓的地下室舉辦，希林見狀簡直想轉身離去，但因爲已經答應亞璿，而亞璿又不在現場，不好說走就走。這時她看見了凱晨，凱晨向希林招手，希林說：「怎麼在地下室？空氣眞差。」凱晨說：

「地下室才不會吵到鄰居，不然鄰居會檢舉啊。」是啊，那個年代私辦舞會是違法的，究竟違反什麼法？希林卻又不知道。

凱晨將長髮全紮在腦後，頭頂斜斜的一把馬尾，模樣十分俏皮，黃色的七分褲，紫底海藍色大花罩衫，紮了一條寬腰帶。

希林後來回想起那一天凱晨的繽紛多彩時，不覺略感訝異，後來的凱晨總愛穿黑色，這變化是什麼時候開始的？她竟不能確定。

希林問：「亞璿呢？怎麼沒看到她人？」希林穿了一件白色連身短裙，她不擅長混搭，總選擇最簡單的打扮，後來也一樣。

凱晨聳聳肩：「出去接人了，有些人找不到，你還挺厲害的，自己找來了。」

的確，街就不是個大街，然後又是巷又是弄的，四面八方的街路都有巷子向內橫伸，各方勢力爭奪地盤一般，的確不好找，但也是臺北巷弄特徵，需要一點耐心，一點想像力，和不一定合乎邏輯的推測。正說著，走來一個身形高挑的男孩，男孩問了凱晨一句什麼，凱晨隨手一指希林，男孩便過來牽起希林的手，說：「亞璿不在，你代替她和我開舞。」

「我？我不會跳舞的。」希林說。

音樂已經開始了，男孩將希林拉到場子中央，燈光打在他們身上，希林的手搭在男孩肩上，男孩攬著她的腰，希林看見凱晨朝她笑。

「沒關係我會帶你，只是慢四步。」

在男孩的引導下，希林跟著緩緩移動，旋轉，男孩輕聲和她說話，希林知道這看起來的殷勤，其實與她無關，他感興趣的是亞璿，只是這會亞璿不在，一開始，已經開宗明義了，她是代替亞璿。希林一邊回答男孩的話，一邊估摸著，他還不是亞璿的男朋友，如果是，他應該會陪她一起出去接人，而將開舞的事交給自己哥兒們。希林已經兩個多月沒見過亞璿，不知道她目前感情生活的情況，所以對於男孩的問話，回答得十分謹慎，全是模稜兩可。終於一曲結束，男孩們紛紛物色女伴滑入舞池，亞璿已經回來了，過來招呼希林：「謝謝，還好你來了。」

希林連忙離開舞池，來到凱晨身邊，亞璿正跳著第二支舞，果然舞伴不是剛才的男孩。

「很帥哦。」凱晨調侃希林。

「和我沒關係。」希林說。

「我看你們聊得很投機啊。」

「他只是和我打聽亞璿。」

「那他應該有機會，又高又帥，是亞璿喜歡的那型。」

「怎麼？亞璿這一陣沒男朋友啊。」

「有啊，不過正計畫分手，應該快了。」

那一天的舞會氣氛熱烈，直到午夜才結束，希林半途先走了，凱晨因爲肩負 DJ 的工作，直到最後一首舞曲放完，才離去，亞璿原要拉她一起宵夜，她推著沒去。

那一天的舞會，希林眼裡的凱晨瀟灑自在，希林對於人多的場合一向有些膽怯不自在，尤其排斥成爲別人目光的焦點，沒人注意她，讓她覺得安心。但是凱晨眼裡的希林卻恰如其分，不張揚，不引人側目，安安靜靜的攫住吸引力，當音樂響起，燈光灑在舞池中間，一身潔白的希林，在男伴的簇擁下緩緩旋轉，若即若離的神態，獨舞時懂得含蓄，在人群中，又讓人能夠一眼尋到。她們看見了對方身上自己沒有的，所以彼此欣賞，卻不知道兩個人心裡各有各的一塊心病。

那時的她們都還年輕，面對愛情，憧憬超過遲疑，如果那時候她們知道情愛路上將有的波折損傷，會不會有不一樣的選擇？

那時的臺北則快速的發展，捷運穿越城市地下的計畫剛剛展開，超高大樓的興建在地表悄悄實現，城市的面貌不知不覺變化著，轟隆駛過的淡水線火車消失了，酒泉街花市消失了，南京西路圓環消失了……就連臺北火車站也變了樣，如果那時人們知道變化一旦發生，原有的就將永遠消失，會不會對於這座城市有多一點點眷戀，多一點點記憶？

舞會中的凱晨雖然沒有跳一支舞，卻依然吸引人的注意，獅子座的她是沒法忍受被忽略的，直來直往與面對挑戰的王者風範，是獅子座的象徵。希林曾經告訴凱晨，天空中爲什麼會有獅子座？人馬座、摩羯座一看就屬於神話傳說，威風的森林之王獅子呢？希林說，希臘神話中宙斯與凡人有一個私生子，叫做赫五力，他天生具有神力，天后希拉想除掉他，施法讓赫五力喪失心智，打死自己的妻子，赫五力清醒後十分懊悔，希望以苦行洗清自己的罪孽。他來到麥西尼請求國王派給他任務，國王於是交給他十二項困難的任務，必須在十二天內完成，其中之一是要殺死一頭食人獅。赫五力進入獅子出沒的森林中找尋，森林異常寂靜，因爲動物們要不是已被獅子吃掉，殘存的早已逃的不知去向。和其他神話故事一樣，經過慘烈的搏鬥，食人獅死了，視赫五力爲眼中釘的希拉，將戰敗的獅子安置夜空，於是有了獅子座。

所以獅子走出了森林。在眞實世界裡，獅子是群居動物，一頭雄獅爲首引領著數頭雌獅，以及眾多子女，直到有一天年輕力盛的雄獅看出獅王的老態，挺身而出挑戰自己的父親，不論能否取而代之，除了戰敗的老獅王，其他獅子依然維持群居。神話裡的獅子卻落了單，才讓赫五力取得勝利，從此，夜空中的獅子也是落了單的。

獅子座的凱晨，她的驕傲其實是虛張聲勢，因爲不肯認輸，只能端起架子，自尊心愈強，情感愈脆弱。她卻在希林身上看到安靜，置身事外的安靜，來自雙魚座的溫柔靜謐，刻意保持著距離，不像凱晨事事克制不住介入，都是心力虛耗啊。偏她不明白，有時候應該學會自私，獅子座的本色吧，猶如她的守護星是太陽。

雙魚座與獅子座截然不同，前者爲水，後者爲火。

雙魚座每年九月二十七日子夜經過上中天，最容易辨認的是兩個雙魚座小環，特別是緊貼飛馬座南面，由β、γ、θ、ι、χ、λ等恆星組成的雙魚座小環；另一個雙魚座小環位於飛馬座東面，由σ、τ、υ、ϕ、χ、ψ等恆星組成。黃道與天赤道存在兩個交點，其中黃道由西向東從天赤道的南面穿到天赤道的北面所形成的那個交點，就是天文學上的春分點。

凱晨不知道，春分點在雙魚座內，希林只告訴了她希臘神話中獅子座的故事。沒告訴她《春秋繁露》中說：「春分者，陰陽相半也，故晝夜均而寒暑平。」所謂的春分，一是指白天黑夜平分，各爲十二小時；另一是指春分正當春季的中間，平分了春季。古時候的人每到春分，就開始等候三件事：一候元鳥至；二候雷乃發聲；三候始電。意謂春分日後，燕子從南方飛來了，下雨時天空將出現雷聲，並發出閃電。大地逐漸轉暖，萬物開始滋生。別人看希林看到的是她的柔美，凱晨卻是看見安靜的力量，藏在春天地底的力量，你不知道破土而出的綠芽會長成何種森林。而凱晨，表面上伶牙俐齒，活潑開朗，卻是森林中落單瀕危的獅子，她的驕傲，往往使她陷入困境，她不是不知道，而是無法自制。

3

Pisces 海洋：「你在哪？」

Leo 女王：「我也不知道，我好像無處不在，又好像哪裡都沒有我的存在。」

因爲有些話再也沒有機會和凱晨說，希林開始寫微博，以林間晨曦爲名，將她們兩人的名字藏在裡面。

一月七日，林間晨曦發了一條微博：「今天，我終於獨自走進了山崎麵包，在你走後的四百零七天。」

山崎麵包的丹麥土司是希林最喜歡吃的，一撕開濃濃的奶油香迎面撲來，整個人都覺得幸福了起來。以前凱晨常去崇光百貨買給希林，但希林若沒提醒凱晨，凱晨總會自作主張改買皇后吐司，或雜糧麵包。

山崎麵包從日本來到臺北開店，是在一九八七年，第一家山崎麵包專賣店就在臺北崇光百貨公司。

一九八七年，民國七十六年，那時的她們多麼年輕，年輕到人生還不能算是眞正的開始。

丹麥土司吃了二十幾年，希林從沒想過有一天凱晨會不再爲她買吐司，在她的設想裡，即便是拄著拐杖，她依然會從凱晨手裡接過麵包，一邊聽她念叨，囑咐她該做的不該做的種種瑣事。

凱晨走後，希林數度經過崇光百貨，都加快腳步，腦子刻意放空，努力什麼都不想。她沒有勇氣進去，那裡有太多她們的回憶，住在忠孝東路四段的那段日子，希林幾乎天天穿梭其間，缺什麼都到那去買，超市幾乎天天去，午餐也大多在地下小吃街吃，最常吃韓國烤肉飯和日式豬排飯，兩者都有半生不熟的雞蛋，只是形態各異。從希林的住處到崇光百貨連等電梯的時間一起算，大約三分鐘吧，反而是山崎麵包希林去的次數有限，因爲凱晨總是會準備好給她當早點。

凱晨喜歡扮演照顧人的角色，其實她自己比很多人都更需要照顧，需要疼寵，也許就因爲需要的特別多，怕別人給不起，她先就自顧自的給。但凱晨自己沒發現，還固執的認爲如果她不替希林，替同事準備早餐，也許他們就會懶得或忘記吃，所以，她總是不忘買山崎麵包給希林。

她不知道，沒有她，大家還是會繼續好好的生活。

今天希林終於獨自走進山崎麵包，依凱晨的意思，買了皇后吐司，柔軟的麵包散發濃濃的奶香，是她明天的早餐，在凱晨走後四百零八天。

希林搬到忠孝東路以前，住在南京東路五段，方方正正的巷子裡整齊分佈著一幢幢相連的老房子，老住宅區的生活方便，下了樓來，髮廊、速食店、洗衣店、咖啡館一應俱全，不論往哪個方向走，五分鐘內都能走進一家便利商店。當然二十年前便利商店提供的服務不像現在那麼多，不但可以取上網買的貨，連高鐵車票都能買。但至少可以在睡不著的夜晚，買兩罐啤酒一本雜誌，編一點夢想。在抽不開身的採訪工作裡，一邊看旅遊雜誌一邊計畫下一次旅行，是希林給自己的鴉片。

凱晨的鴉片是什麼呢？希林想，是愛情吧，豪華浪漫版的愛情，麥克道格拉斯主演的白宮夜未眠。

表面上看來光鮮亮麗的生活，其實希林和凱晨各有各的寂寞，因為愛情的不確定，所以不能安心，當時的糾結不安，如今竟然叫希林深深眷戀。

尤其是在失去凱晨之後。

住在南京東路五段的那一段時光，二十七歲的希林剛剛和老公分居，結婚一年多，他們幾乎沒過過安靜日子。分居後，希林突然鬆了一口氣，她終於可以安靜下來了。也就是那時候，她意識到自己是回不去了，只不過是什麼時候在離婚協議書上簽字？什麼時候去戶政事務所辦理手續？什麼時候告知雙方父母，當然還有親朋好友，以及也許並不相干，但偏偏知道她結了婚，或熟悉或陌生的閒雜人。

那段時光，希林的心情很複雜，既自由的發慌，又壓抑的透不過氣，她連自己是塞得太擠還是倒得太空，都弄不明白。因爲不確定，她選擇塡滿自己，於是在原本已經不輕的採訪工作外，又接了出版社的外稿，弄得自己一刻不得鬆散，注意力時時集中在電腦螢幕上，眼睛酸澀不說，頭腦也因爲超時工作要嘛過度亢奮，要嘛轉速一陣混亂，接著豁然停頓。

有一天，天剛黑，希林回報社的路上經過復興南路，一家小小的 Pub，燈剛剛亮起，還沒開始營業吧，夜店的一天總要接近午夜才會眞正開始。希林看了一眼腕表，七點，落地玻璃窗裡 Bartender 正在吧檯後準備，後來希林知道了那個比她小的男孩叫做阿達，希林突然有了喝一杯酒的興致，因爲那天的工作特別順利還是特別不順利，她已經記不得了，也許是因爲透過玻璃窗傳出優客李林的歌聲：「I Don't Believe It ，是我放棄了你，只爲了一個沒有理由的決定，以爲這次我可以，承受你離我而去，故意讓你傷心，卻刺痛自己。一個人走在傍晚七點的臺北City，等著心痛就像黑夜一樣來臨……」據說那一年，民國八十年，有些人只要一聽到優客李林的〈認錯〉，就有種想喝酒的衝動，原來有這麼多人不願意教彼此都在孤獨裡忍住傷心，卻又不自禁做出錯誤的決定。

反正躁動的心緒讓希林推開門走了進去，吧檯裡的阿達沒聽見，連頭都沒抬，希林故意說：「這是搶劫。」

這回阿達聽見了，抬頭看了看，很認眞的說：「今天還沒開始營業，所以店裡沒錢，要不你晚點有空再來？」

希林在吧檯前坐了下來，說：「不然我先喝杯酒吧。」

阿達說那也好，爲她調了一杯威士忌沙瓦，酸酸甜甜的滋味，希林記住那家店叫躲貓貓。

躲貓貓黑色木格落地窗，粉白的牆襯在暈黃燈光下，透露出溫暖的鵝黃，她小時候喜歡的顏色，粉藍太清爽，粉紅太鮮嫩，鵝黃是內斂而且溫柔的，而且顯得她和其他小女孩不一樣，大多數小女孩會選擇粉紅色。

在那之前，希林偶爾也去Pub，忠孝東路巷子裡的異塵，散發外太空的沉寂，後現代的的冷漠，簡潔的空間裡蕩漾著空靈的音樂，燈光從吧檯下方穿過，向上揮灑，照耀著吧檯邊酒客無可言說的心情。希林數度和還沒離婚的老公在這裡冷戰，杯子裡的冰塊晃動著無言的衝突，問題的根結兩個人心知肚明，只是還有些纏綿不捨。

希林那時候就發現，人與人之間的決裂有時不是揮刀斬斷的，而是心力耗竭後自然而然的折斷。

或許那就是所謂的緣分盡了。

出現在異塵時的希林，以為自己應該像雜誌上看見這座城市裡的優雅女子，踩著黑色高跟鞋，喝著透明的馬丁尼，身上散發著花果調香水。

但是躲貓貓的希林不一樣了，隨意了許多，牛仔褲、球鞋、大背包，過肩的長髮紮在腦後，整個人更灑脫了。

幾天之後，希林約了凱晨一起去，凱晨和阿達一見如故，凱晨一向有這樣的本事，獅子座熱絡的個性，善於交朋友，也喜歡交朋友，但是對於自己喜歡的男人，反而沒有了這本事，表面上明明一開始是居上風的，但不用多久，就會被自己搞到居劣勢。是凱晨太在乎嗎？男人嗅得到的，他一旦對你有了把握，就容易輕忽，而輕忽是一種習慣，你在他心裡的位置愈來愈不被看見。他不是眞的不在乎你，你也不是對他不重要，只是當輕忽的習慣養成，他就有了一種錯覺，以爲不管他怎麼對你，只要他沒眞的離開，你還是會在哪裡。

躲貓貓的凱晨是作風嚴謹的，不是不苟言笑，她喜歡誇張的開別人玩笑，不知不覺流露出女王般的驕傲，等足夠熟悉，就突變般轉成了母性的照顧。凱晨的嚴謹是一種態度，處處展現對於工作的投入與企圖心，下了班的職場女強人裝扮，高跟鞋、套裝、公事包，波浪卷長髮的嫵媚在她強勢氣質下，也成了精明幹練的造型。那時的凱晨事業心正旺，不是她不在意愛情，只是愛上結了婚的男人，她實在缺乏揮灑的空間，原本對賢妻良母的滿懷嚮往熱情，一股腦投注在工作上，一天工作十二個小時，也不以爲意，獅子座的熱情使她充滿幹勁。希林戲稱她永備電池，電視上不停敲鼓的玩具兔子，電力之強，無人能及。

阿達管凱晨叫姊姊，凱晨常常在加班之後爲阿達帶去宵夜。

希林想，這是凱晨慣常喜歡做的，就像她爲希林準備早餐一樣。

凱晨和希林一個星期中總會去躲貓貓一兩次，認識了一些新朋友，他們通常不刻意約會，但有時喝酒遇到了，也一起宵夜。有一回 Tony 帶她們去南京東路底高架橋下吃滷肉飯和藥燉排骨，雖然那裡距離希林住的地方極近，但是她一向出門後往西走，因爲西邊是市區，繼續往東走的話，就上麥帥公路去了內湖，所以雖然不過是在希林的巷子以東數百公尺，於她卻是全然陌生的區域。不知道是藥燉排骨眞的香，還是夜深了，她們沒發現自己竟是饑腸轆轆，反正一吃就愛上了。就某個角度來說，Tony 是有些不學無術，但是他懂得吃，懂得玩，臺北大大小小的餐廳，價格高昂或物美價廉者，他全都熟悉，眞做到了豐儉隨意。

因爲 Tony 熟悉臺北的吃，於是希林沒事時也跟著他四處吃吃喝喝，有一回說是去麗都大酒店，希林細想從沒聽說過臺北有這樣一家酒店，Tony 囑咐她在和平東路碰面，靠近成功國宅的巷口。希林去了一看，不覺好笑，眞有一家麗都，是家賣熱炒的小吃店，Tony 故意戲稱爲大酒店。門面雖小，菜的味道倒不錯，豬肝炒的鮮嫩滑，且不見血；高麗菜心口感清脆，顏色翠綠，油亮氤氳的家常熱炒在明亮的燈光下，略顯簡陋的桌椅也透出一點懷舊的氣氛。

Tony 還帶她們去林森北路，吃高家米苔目和滷大腸，令希林和凱晨十幾年後依然念念不忘。入夜後的林森北路，別有一番繁華熱鬧，生氣勃勃，亮晃晃的日光燈下，折疊桌以最省空間的方式排列著。一人一碗米苔目，共用一份紅燒大腸和芥末軟絲，大腸香滑有彈性，軟絲鮮美搭配芥末的辛辣刺激，眞是齒頰留香。唯一美中不足的是，入夜後才吃得到，然而即便是辛德瑞拉，午夜時分也該從派對消失了，經歷了一天火舞飛揚的塵囂奔波，加上兩杯酒下肚後酒精的催化，雖然途中也曾以粉撲修補過容顏，但實在不敵此刻日光燈的攻擊，立刻如修煉成精的獾狐也好，花草樹木也罷，原形畢露。偏偏林森北路的紅燒大腸開市時間晚，宵夜是主場，要不同行者皆處微醺，或者眼花粗心不會留意到夜深妝殘，否則還眞有點嚇人。那時的希林和凱晨到底年輕，即使徹夜不眠，也還能頂下去，十幾年後，她們愈來愈少去林森北路宵夜，畢竟這世上從來沒人見過中年的辛德瑞拉啊。

後來希林想，是不是從踏進躲貓貓開始，她們也踏進了另一個世界，一個連接夜和黎明的世界。

不止一次，她們在即將打烊的酒吧裡，要求 Bartender 爲她們播放葉倩文的〈黎明不要來〉：「黎明請你不要來，就讓夢幻今晚永遠存在，留此刻的一片眞，伴傾心的這份愛，命令靈魂迎入進來。請你喚黎明不要再不要來，現在浪漫感覺放我浮世外，而清風的溫馨，在冷雨中送熱愛，默默讓癡情突破障礙。」微醺中她們輕輕吟唱，夜色的頹廢困頓，讓微不足道的愛情美麗起來，成了獨一無二的佔領，不得棄守。

因爲無眠，所以無夢，在無夢境的許諾下，夜愈深，她們愈執著，執著對夢想的追求，不願妥協。

終於，辛德瑞拉年華老去，老去的辛德瑞拉不再適合徘徊深夜，此時的凱晨，已經看不見自己的寂寞，寂寞將她包裹得太緊，在孤單的深夜裡，失去玻璃鞋的她險些窒息，但希林怎麼也想不到凱晨會先她離開這世界，而且走得這麼倉促。

一月十一日，林間晨曦：「黎明不來，你便能暫時停留嗎？我以爲你總在某個地方等待，等待什麼呢？等待自己終於明白，這一回醉了的你再也醒不過來，沒有糾纏不止的宿醉，沒有癡心嗔怨，就算你後悔了，也不能不認，留在夜的最深處，黝黑的陰影中，你，再也回不來了。」

Pisces 海洋：「你還可以感覺這個世界嗎？」

Leo 女王：「愈來愈模糊了，時間亂了，不再像過去一逕往下流淌，錯置的銜接，我愛過的和愛過我的男人，原來如此相似，我還感覺得到他們，但他們在哪？遙遠的彷佛不曾存在過。」

凱晨不在了以後，希林繼續聊天室的對話，有時她也懷疑，自己究竟和誰在對話呢？是凱晨？還是她自己？

她們少去高家米苔目之後，林森北路與長春路巷口的高家米苔目似乎更有名了，原本二十年的小店，現在成了美食節目介紹的四十年老店。希林在雜誌上看到老闆接受訪問，說米食要做得好吃除了材料新鮮之外，重點在於成分的配製拿捏，配製一不對勁，就全不對味。他們店裡的米苔目是由五種原料所組成，其滑順口感在於比例分配，這就是靠經驗才能完成的黃金比例。五種原料包括產自中部的在來米，加上蕃薯粉、玉米粉及另外兩種獨家素材而成。老闆還說，熱食的鹹味米苔目，和冷的甜品米苔目，在製作上也不同，高家米苔目是專為鹹口味量身打造，所以加入高湯、碎蔥後，特別有滋味。

一碗小小的米苔目也有這麼多學問，像人生一樣，黃金比例的調配，才能得到幸福。適量的愛情，適量的友誼，適量的事業，適量的寬容，適量的嫉妒，還要有適量的幸運。顯然凱晨沒能拿捏好，或者是她太貪心，總以爲自己可以掌握，不服輸的個性害了她，直到最後，她還是不肯認。

希林翻閱的美食雜誌，繼續介紹高家使用溫體豬的大腸進行紅燒烹製，所以在香度、Q度、新鮮度上，都不是冷凍肉品能比的。紅燒大腸的滷製時間要夠，過程中還要加入二十幾種香辛料。廚師食客都知道烹飪首重食材，但食材對了，還要恰當的火候和調味。愛情也是如此，渴望愛的人卻不一定知道，即使是對的物件，方式錯誤，也難長久。希林曾經以爲這些道理會做菜的凱晨應該比自己更明白啊。

4

民國八十一年，希林離婚了，她覺得自己得到了前所未有的自由，那和始終維持單身的自由截然不同，一種置之死地而後生的悲壯，使得她擁有強大的能量，可以愛的精彩濃烈，也可以走的義無反顧。恢復單身，希林首先從南京東路搬到了忠孝東路四段，和凱晨成爲鄰居。週日早晨，兩人都還在床上，先睜開眼的就示威似的往對方家裡撥電話。爲了方便接聽也因爲房子委實太小，電話就裝在床頭，伸手便能接到，冬天寒流來的時候，溫暖的棉被捨不得掀，就從被子裡伸出一隻手。一個人說：「去高雄木瓜牛奶吃早餐。」另一個人回答：「好，半個小時。」

高雄木瓜牛奶就在樓下，兩個人連妝都不化，只將睡衣換成牛仔褲毛衣，夏天就是薄薄的恤衫，髮刷抓起來隨意梳兩下，就下樓了。希林喜歡法國吐司，凱晨喜歡總匯三明治，一般狀況下，兩個人都習慣選咖啡，但若覺得最近沒善待自己，不論是因爲工作太累，還是約會太忙，就會改選蘋果汁或木瓜牛奶，感覺比較營養，也許還多少有點養顏的功效，至少得到撫慰心理的效果。希林、凱晨老夫老妻般邊吃早餐邊看報，有時也對過往行人品頭論足，吃畢，再轉去 Pucci 選點麵包蛋糕，等回樓上的電梯裡，兩人各自對著電梯裡的鏡子打量自己的臉色，眼睛露出浮腫？還是鼻子上又隱藏青春痘，才開始計畫週日的午後。

一月十四日，林間晨曦：「在你走後，我特別清楚意識到臺北的改變，許多我們昔時出沒的地點都已消失，好比我們吃了幾年的木瓜牛奶，也已經消失。」

永福樓倒是一直在。

民國七十九年，希林第一次結婚，因爲決定的有些匆忙，婚期又定在週末，一時不容易找適合的宴客場所。希林托了人問環亞飯店，記得嗎？那時南京東路敦化北路口有家環亞飯店，如今建築物還在，已經更名爲王朝飯店。當年希林還在臺中讀書的時候就已經知道臺北有家環亞飯店，是亞洲跨國集團經營，年輕的女老闆鄭綿綿頗引人矚目，時常在財經類雜誌上出現，儼然企業女強人的代表。希林到臺北工作後，合作的出版社正好也在那附近，時常從飯店前的紅磚道走過，希林覺得深褐色的圓形建築外觀展現出低調的氣派，環亞飯店算是比較適合宴客的地點。凱晨卻建議希林選永福樓宴客，凱晨說：「我就住在永福樓樓上，你悔婚的時候，我才能幫你順利脫逃。」

希林後來想，凱晨一直不看好她的婚姻，也不想隱瞞她的看衰。現在回想，當初自己選擇在環亞結婚，說不定就是一種預示，兩年後，希林的婚姻結束，環亞飯店後來也因爲經營不善而易主。

忠孝東路四段還有哪些她們常去的地方？必勝客、天津衛、松竹樓、聖瑪麗、京兆尹、明洞韓國料理，這些是消失了的。必勝客也許不能說是消失，轉型以外送披薩爲主後，必勝客收掉了許多原本經營吃到飽的自助餐廳，這些餐廳的面積大，在寸土寸金的臺北，嚇人的租金自然提高了營運成本。忠孝東路四段的必勝客於是不見了，往下走一些，到光復南路口，那家倒是還在。

凱晨其實是不吃披薩的，她受不了牽絲的起士，偶爾耐不過希林的拖磨，或是自覺有愧於希林時，凱晨才會陪希林去吃披薩。凱晨喝過湯，吃過生菜沙拉後，就開始小心翼翼的切下沒沾到起士的披薩邊吃，將整份餡留給了希林。

凱晨更喜歡的餐廳是春日日本料理和雲欣屋日式串燒，這兩家稱得上是老店，生意至今興隆。

不是很餓，但是又想好好吃頓飯或是宵夜的時候，凱晨會選擇雲欣屋，日式串燒走精緻路線，分量本來就小巧，不適合大快朵頤，比較適合邊喝酒邊聊天。除了串燒，雲欣屋的法式焗田螺和烤羊排也是凱晨喜歡的，她們會先各自點一份包含豬肉、雞心、小卷、肥腸、豬肝、青椒、鮭魚飯糰及明蝦、蝦手卷的套餐，然後再依當天的胃口加點別的料理。冬天時，凱晨也喜歡海鮮鍋，店家說沾料是他們獨家製作，別處吃不到，海鮮鍋裡有蝦、干貝、鮮魚、花枝等時令海鮮，還有特製魚丸，爐子上一鍋琳琅滿目，光是看也讓凱晨覺得幸福。凱晨受不了簡單，簡單總讓她覺得寒磣，她喜歡精彩紛呈，精彩紛呈的料理，精彩紛呈的事業，精彩紛呈的愛情，共同組成她精彩紛呈的生活。

拒絕寒磣，拒絕簡單的她，在追求精彩紛呈的人生裡付出的代價卻著實是巨大奢侈，買單時，她後悔了嗎？

後來凱晨和姚桀走到了一起，姚桀的公司就和雲欣屋隔著窄窄的一條大安路，凱晨改和姚桀一道去雲欣屋和春日，和希林吃飯時，她說：「我們換個地方吧，有點新鮮感。」

那時候，希林已經搬離忠孝東路，她又結婚了。

Leo 女王：「一個女人怎麼樣才能得到男人的心？」

Pisces 海洋：「我只想得到男人的愛，不想得到男人的心。」

Leo 女王：「得不到男人的心，那麼他要把我放在哪？」

海洋Pisces：「得到了男人的心，讓他把你放在他心裡，等他變心時，你就把自己困住了。」

凱晨總想不明白，自己在愛情的路上是怎麼走到後來這一步。

她愛上一個男人，起先矜持的按兵不動，男人開始在她四周環繞，有時靜默潛伏，有時左右踱步，還有時上下竄跳，期望引起她的注意，但又要維持自己驕傲的姿態，潛伏時想像自己是黑豹，踱步時如雄獅，竄跳則如飛鷹迅捷。其實更多的時候，潛伏如猥瑣的蝙蝠，踱步如饑餓的豺狗，竄跳如過動的毛猴。凱晨依然付出耐心，即便男人後來顯出醜態，只要她原本有點心動，也耐著性子以笑談鼓勵。

男人獻殷勤，她接受，有如女王接受臣民的朝奉。

逐漸她習慣了男人的存在，她接受了男人的追求，也許有一點感動，也許還有一點心儀，那心儀可能是在反覆思量之後，在對方身上尋到一點幻想情人的蛛絲馬跡。

她愛上他了，但前提是他先愛她的。

但只要她愛上了對方，也就是男人心中的追到手了，情勢陡變。男人不再殷勤，不再溫柔，不再甜言蜜語，爲了留下僅存的浪漫，凱晨開始遷就對方，挑選合對方口味的餐廳，以得到多一點的約會；改變自己的日程，配合對方的時間，她不是不覺得委屈，但不委屈似乎就無法求全。

明明是對方先愛她的，怎麼這戀愛談著談著，她竟然愈來愈委屈，完全沒了底氣，有時還心虛的緊。但好強的凱晨，有著獅子座的驕傲，這份心虛她連對自己都不會承認，遑論他人。

明明委屈受了，遷就做了，但不服輸的個性使她偶爾要耍耍張揚跋扈才能平衡。

愛她的男人卻不明白，那些男人愛上了她，將她列爲自己的女人之後，就覺得可以擱著，不用再花心思了，不然當初幹嘛費力氣追。當初花的力氣、投的資本，就是為了然後的尋常不費勁啊，不用再安排約會，有時間回家凱晨下廚露兩手，不用花前月下，吃飽了直接上床，多實惠。

凱晨要的愛情可不是這樣，凱晨要的愛情是華麗的、不落俗套的，好萊塢式的光鮮亮麗。

這樣的男人不是沒有，那種有沒有女人，都在乎生活情調的，會自己佈置家裡，買成套的桌布、靠墊套、窗簾，會在拼圖的空檔用酒精燈煮一杯曼特寧咖啡。這樣的男人，在初遇時，凱晨嫌瑣碎，男子氣概不足；男人則感覺面對凱晨有不知名的壓力，似乎缺少一點女人味。

其實，凱晨女人味十足，只是，她的女人味不是每個男人都能領略。

當希林想明白這些時，她恍然大悟，難怪凱晨總不知不覺把自己的生活搞的像派對，熱鬧喧嘩，做不到衣香鬢影，光彩照人，也要談笑風生，吃香喝辣，方才甘休。

不去雲欣屋，不去春日，一度凱晨和希林改去去明洞。那時韓劇還沒有流行，臺北人不覺得買韓貨吃韓式料理是一種時髦。但明洞的韓國料理好吃而且價格實惠，三百多元的套餐，有銅盤烤肉、海鮮煎餅、又香又辣熱騰騰的豆花鍋，點兩份還送一條黃花魚。那時的凱晨雖然顯得豐腴，但是並不打算減肥，凱晨看不慣那些爲顯秀氣，甚至假裝弱不禁風，而故意吃的極少的女孩，這一點凱晨和希林兩人氣味相投。希林雖然瘦，但一向胃口極好，才吃完一客牛排，可以立即再吃一整條丹麥吐司。去了明洞幾次，明洞的老闆也很欣賞她們豪氣干雲的吃法，每回都吃到盤底朝天，還一人喝一瓶眞露酒。韓式燒酒喝起來略甜，但酒精度其實比日本清酒高，有些人不留意，是會不小心喝醉的。她們第一次去，快樂的吃了個酒足飯飽讓老闆留下深刻印象。他說女人就該這樣，放心的吃，還要能大膽的喝，當然絕對不喝醉，喝醉的人可不討人喜歡，要知道自己的量，並且能節制，這樣吃飯喝酒才有樂趣。他最受不了客人扭扭捏捏，吃也不敢吃，喝也不敢喝。

老闆告訴她們：「有些女孩覺得眞露酒喝著不辣，以爲很淡，喝的快了，等酒勁上來，發現喝多時，已經來不及，一不小心就醉了。」也就是那次，返臺經商的韓國華僑老闆告訴她們，他要改做成衣批發了，明洞餐廳即將結束營業。

臺北又少了一處她們歡聚的地方。

喝酒是這樣的，酒精不會一入口立刻發生作用，不諳酒性的人，如果喝的太快，很容易醉。因爲感覺到酒意時，已經喝多了，在還沒來得及意識到酒精作用的這一段時間，酒雖然進到了肚子，卻還沒有透過血液對腦子產生作用呢，而這作用將繼續擴大加強，在感受到的基礎上持續發揮，終於擊潰飲酒者的意志。

愛情也是如此，一旦放在心裡，有如酵母滋長，陷入熱戀者不斷供給的養分，就像酒麴發酵，時間久了，這愛情釀成的酒，不但能醉人，而且後勁十足。更危險的是，等感覺到異樣，已然喝多了，終於成癮，再也醒不過來。

海洋Pisces：「愛情就像這酒一樣，你會喝酒，怎麼就想不明白呢？等發現自己陷下去時，往往已經晚了。」

Leo女王：「不甘心吧，總以爲自己可以扳回。」

不辣口的酒，分外易醉。

凱晨、希林與酒的頻繁接觸，始於躲貓貓。

而躲貓貓的結業，對曾經頻繁出入躲貓貓的人來說，似乎也預示著一個時代的終結。

民國八十四年凱晨的公司倒閉後，希林就少去復興南路了，後來她經過復興南路，想起以前白天從二段走過時，在躲貓貓關著的鐵卷門上看到一對貓的眼睛，如今看不見了，她突然覺得有點寂寞，覺得自己眞的老了，從那個五光十色的黑夜世界裡撤退了。八十四年以後，她們偶爾還去黑糖，去安和路的幾間酒吧，EZ5 是老店，在臺北的存在超過二十年，那時躲貓貓已經少去了。

躲貓貓全盛時期，曾經在距離兩百公尺左右的地方，尋了一處門面，另開了一家店，取名家家酒。

家家酒的空間比躲貓貓略微寬敞一些，主要客層和躲貓貓略有不同，躲貓貓以喝威士忌、伏特加等烈酒的客人爲主，家家酒則設置了恆溫的葡萄酒儲藏室，那段時間流行喝葡萄酒。細分起來，躲貓貓溫暖隨興些，家家酒優雅時髦些。但接下來沒多久，躲貓貓、家家酒都傳出頂讓的消息，希林的朋友伊倫接下了家家酒，原本經營躲貓貓的老闆改往松江路一家知名度頗高的出版社，經營一樓設置的咖啡書店。一天，希林接到她的電話，到松江路巷子裡喝了一杯咖啡，聊了一些往事，走出咖啡店時，天光尚好，黃昏還要過一會才會降臨，天空完全看不出暮色的沾染。

希林想起以前躲貓貓凌晨兩點打烊，若不貪戀夜的世界，Pub打烊後直接回家，被子蒙著頭睡他一個昏天黑地，起床後日子秩序照常，上班下班，打卡接電話。但如果偏離常軌，眷戀夜色，打烊後又夥著一群人吃宵夜唱KTV，夏天清晨天亮得早，一晃眼，墨黑的夜就和微藍的晨曦連接了。

是不是這樣的生活過久了，就愈發難抽身，天亮後，一天開始了，原本該結束的時間，和開始出現錯置，界限逐漸模糊，陷身其中也不自知。

希林行過復興南路，心裡不禁想著，她們當年就是從居住的忠孝東路往南走，穿過仁愛路、信義路，穿越過這家面積並不大的Pub，進入了夜的世界。從復興南路的夜色中晃蕩，到新生南路的駐守，這些在夜色中或飛翔或躑躅的幽靈，後來都抽身了。只有凱晨，在新生南路落單之後，寂寞的她，過了數年，又在延吉街新栽龍舌蘭，重新開啓了夜的世界的入口，屬於她的派對，光彩流離中摻雜著狼狽落拓，熱鬧歡騰不少，杯晃交錯頻

仍，空瓶子成疊成疊堆積複又拋出，但是天總會亮，

城市裡遍佈著這樣的入口，明處的暗處的，張揚的遮掩的，亮麗的頹廢的，驕傲的卑微的，漸漸成為夢的破洞，無眠的人生也無夢，夢從破洞中溜走，最後連自己也忘了原本的夢是什麼？

城市的夜拼湊著破洞，白天又是另一番面貌。

希林遺憾，為什麼凱晨沒發現夜可以美麗但不頹廢，可以深情但不幽怨，可以奢侈但不負欠。

一月十八日，林問晨曦：「愛情不是用來忘記的，即使是在失去了之後。

能夠忘記的情人不算情人，眞心愛過，付出過，怎麼可能忘記？也不必忘記，那些甜蜜苦痛統統都是人生中的養分，讓下一段戀情更成熟更有

智慧。

所以，戀情消逝後，要做的是放手，讓它成爲過去，而不是遺忘。」

5

民國八十一年一月，凱晨和希林開始經營蝴蝶養貓，在正式入主前，他們原是蝴蝶養貓的客人。

八十年秋天的時候，希林從南方安逸聽說蝴蝶養貓的老闆有意頂讓，便回去說服凱晨一起接手經營，那年希林採訪工作剩下的瑣碎空檔常在南方安逸混，混到後來有時也開始幫忙端盤子，她喜歡店裡易師傅做的清蒸魚，習慣免費續杯的咖啡，偶爾遇見住在對門的畫家林玉山在巷子裡散步，店內出沒的藝術家也不少，希林當時就是藝文記者，臺灣的藝術品市場正待勃發，當然，希林不知道這榮景沒能維持多久。凱晨對於希林頂下蝴蝶養貓的提議無可無不可，她安靜的聽著希林熱心地計畫如何安排時間，既可以經營一家 Pub，又不影響原本的工作。在桌面攤著的紙上，用毫不專業的方式計算著店內行銷，希林對店面管理銷售做帳全部一竅不通，僅憑著一股好奇心驅使的熱情，計算給凱晨聽，如果一個晚上有二十組客人，每組平均消費三百元，六千元扣掉三分之一的物料，還剩四千元，租金一天兩千元，員工薪資一千元，加上水電等雜支，完全可以打平，超過六千日營收的部分就是賺的，應該不難。希林有種天眞，雙魚座的特質，凱晨就喜歡她這點，不是笨，也不是假裝，是因爲成年人在乎的許多事，希林並不在乎，結果就有了一份天眞。凱晨由她說，其實心裡已經願意和希林一起做，就當是兩人消磨時間，似乎比陪著希林看日劇來得有趣，什麼《東京愛情故事》、《電梯小姐》，不可思議的是，希林居然還買了一套水藍色滾白邊的膝上褶裙套裝，活像 SOGO 百貨的電梯小姐制服。但凱晨表面上依然沒有鬆口，說，先去看看再說吧。希林一刻不願等，拉著凱晨立即下樓攔了計程車，直奔新生南路。

那時新生南路信義路交口附近的違建還沒拆除，爲了建後來的大安森林公園，臺北市政府正努力遷出違建戶裡的居民，不同的意見紛紛擾擾，新生南路拉起了白布條，抗議政府逼迫違建戶裡的老居民遷出，使他們失去居住多年的家園。新生南路是臺北市主要南北向道路之一，日據時期原是瑠公圳第二幹線圳，通俗一點的說法就是一條排水溝。民國六十一年，瑠公圳加上了蓋，與溝渠兩側六米寬道路共同成爲新生南路。北接新生北路一段及松江路，南抵羅斯福路。一條路由北而南依續有臺北衛理堂、臺北教會、聖家堂、清眞寺、眞理堂、懷恩堂，範圍擴大一點看，周邊道路巷弄裡還有靈糧堂、法國號教會、長老教會，所以有人開玩笑說，新生南路是天堂之路，離神最近的路。

那時國際學社也還在，以前書展總在這裡舉辦，希林剛到臺北市時還去過。國際學舍是一個國際性的社團，一九二四年在美國紐約成立，主要目的在輔導留美的外籍學生，幫助他們適應美國的生活環境。爲了促進文化交流，後來紐約的國際學舍總會，又在世界其他五十多個國家設立分會。而臺北國際學舍便是美國紐約總會所管轄的分會之一，原址信義路三段三十八號的國際學社，以低廉的租金提供來自世界各地的外籍學生，讓他們有一個簡單但便利的安身之處，放心的在臺灣學習。學舍的右側有一座體育館，除了作為運動場地，也不定期舉辦演劇、音樂會、電影放映等藝文活動。希林來逛的全國圖書出版品展覽也是在這舉行，還在臺中讀中學時，希林就嚮往到臺北逛國際書展，心願實現後，發現也不過如此，其實不如預期的豐富有趣。當然也可能是因為早年書店規模小，書展呈現出的就相對顯得豐富多彩，到了民國七十二年，第一家金石堂在臺北市汀州路出現，大型連鎖書店快速在臺灣發展，數層店面陳列著各種圖書雜誌文具，金石堂一度擴展分店近百家，直到傳出經營危機。國際學社存在的末期，正是金石堂的盛世，每日以繽紛多彩的面貌示人，書展趕集似的場面吸引力難免降低。當然後來國際書展移師世貿展覽會館，場面又是另一番氣象，不可同日而語。

但國際學社要拆了，希林還是有點不捨，覺得自己經歷過的一個時代正在消失，當年第一屆中國小姐也是在國際學舍裡進行選拔。

而在拆除大安森林公園預定地的地上物時，國際學舍是第一個被拆除的建築。

民國八十年秋，國際學舍還在新生南路，和附近居民懸掛的白布條一起無奈而又寂寞的懸掛著，回頭看時，自然會發現一個時代的消逝，在歲月之流的推湧下，企圖力挽狂瀾，其實是難上加難，順勢而下，這城市又將出現新面貌，新面貌也許更好，但終究是改變了，消失的不復再現。

凱晨和希林在新生南路轉了兩圈，才找到蝴蝶養貓，那是新生南路靠近信義路的一條小巷口，店不大，但兩面有窗，視覺上開闊沒有壓迫感。她們先在門外觀察了一會兒，才推門進去，店裡有些冷清，沒什麼客人，希林於是問 Bartender 老闆在嗎？

Bartender 回答：「我就是老闆。」

希林繼續問：「聽說店要頂讓？」

老闆笑了笑，說是笑略嫌勉強，其實是皮笑肉不笑的回答：「你們來晚了，幾天前我已經頂下來了，我就是新的老闆。」

凱晨上下打量老闆和店裡一遍，在緊靠門口的第一張桌子坐了下來，說：「你做不久的，你不想做了的時候，打電話給我。」

就這樣，凱晨、希林店沒頂成，卻成了蝴蝶養貓的客人，她們由復興南路轉戰新生南路，凱晨戲稱是巡視業務，她相信這家店遲早是她的。老闆米哥常拿這事出來說，說凱晨希林觸他霉頭，生意才剛開張，就問他什麼時候不做了？凱晨立馬回嗆：「我只問你什麼時候不做了？已經很客氣，我其實是想問你什麼時候做不下去了。」

也許是希林經歷了一次明目張膽的離婚，反而給足了展開新戀情的勇氣，結束不過如此；也或許米哥其實在背後推波助瀾，蝴蝶養貓在米哥主持的階段，店內情感關係一片糾結，脈絡複雜，誰誰和誰誰、誰誰有曖昧，誰誰最好不要和誰誰一同出現在店裡，誰誰與誰誰同時愛上一個人，整個店裡都知道了，但他們自己還不知道，酒精催化下看著那個人左右逢源的周旋於誰誰和誰誰之間。

酒吧是個奇怪的地方，有些人置身事外，什麼都看得清。有些人泥足深陷，明明是齣鬧劇，還一頭紮進去，愛的水深火熱。希林想，但也有另一種可能，前者的冷靜洞悉其實是因爲沒有機會走進那場以愛情爲名的遊戲，一旦給他機會走進，他們的衝動不理智，或者說是入戲吧，將不亞於任何一個曾經在這裡上演過別人眼中的鬧劇，自己眼中的淒美悲劇的人。而凱晨不同，二十幾歲的凱晨把自己守的很緊，因爲自視高，她的愛請將不一般，不能落入傖俗。她也知道希林看似投入，這投入不過是個過渡，暫時將自己的注意力由離婚轉至他處，希林的心裡還是明白的，她已經不明白了一次，勞師動眾的折騰了一場婚姻，她不會再讓自己重蹈覆轍，倒不是離婚的傷害有多大，在簽字的那一刻，她已經走出陰霾，傷痛是在下決心簽字前，希林只是不想再給人添麻煩。

但後來，希林回想這段日子，不禁有些自責，她的任性是不是傷害了其他人，她不想考慮，但是在一旁看著她的凱晨呢？會不會偶爾，只是偶爾，其實是有些寂寞的。

耶誕節過完，新年假期凱晨去香港拜訪客戶，希林獨自在蝴蝶養貓消磨下班後的時間，看似流連在三個男人間，其實希林從沒答應其中任何一個人的約會，在希林看來，這關係若只在一間酒吧裡隱晦曖昧的存在，其實就不能算是眞的。偏偏其中一個男人認了眞，向另一個尋釁，希林不耐煩了，揚長而去，淩晨兩點回到住處，才發現忘了帶鑰匙，三更半夜找不到人開鎖，就回到報社，還好報社和便利超商一樣，二十四小時不打烊，她打電話給凱晨，不是在香港的凱晨，而是她臺北家裡的答錄機，竟然殷殷切切講完了一卷錄音帶。

淩晨五點，天還不亮，希林覺得肚子餓了，一夜沒睡，此刻的饑餓特別讓人覺得空虛，對著凱晨的答錄機說完話，雖然凱晨還不知道她發生了什麼事，但她已經在某種程度上得到抒發，饑腸轆轆的希林走出報社，由八德路轉往遼寧街，來到馬祖麵店，過去她習慣吃麻醬麵，其實店裡炸醬麵、油拌麵、沙茶麵等同屬招牌，馬祖麵店的醬拌麵吃法不只一種，可以混搭著吃，希林今天決定來碗「炸麻麵」，一碗麵裡既有炸醬也有麻醬，然後再來一碗蛋包湯，一月的臺北，淩晨寒意正濃，吃飽了心情也會好一些，覺得自己沒帶鑰匙似乎也沒那麼倒楣，再過幾個小時就能找到開鎖的人了。馬祖麵店蛋包不僅做成湯品，也可以直接加在麵上，製作蛋包也是有技術的，希林在家試過，就做不來，像便利商店一樣二十四小時營業的馬祖麵店，淩晨五點的客人不算多，是一天中較為清淡的一個時段，希林百無聊賴的看著廚師將生蛋打入滾燙沸水中，約莫一分鐘後，小心翼翼撈起七至八分熟如黃金般的蛋，放入低溫冷水中，蛋黃在熟與不熟間隱約散發出鮮嫩滋味。希林曾經聽同事說成功的蛋包，另一項取決因素在於蛋的新鮮度夠不夠，馬祖麵店蛋的使用量大，每天採購所以夠新鮮。

年輕的女孩端麵給希林時問：「你待會要去參加升旗嗎？」希林搖搖頭，是啊，今天是元旦呢，她吃了一口滋味濃郁的炸麻麵，口味有點重，但正適合一夜未睡味覺遲鈍的此刻，又喝了一口熱騰騰的湯，女孩說，七點升完旗客人就多了，大多數人都是到總統府參加完升旗，才吃早點，我以爲你是吃了早點再去升旗。說完，女孩又繼續去忙了，留下希林繼續吃麵，說的也是，她其實可以去參加升旗，反正現在找開鎖的人也委實太早了，天都還沒亮呢。吃麵喝湯，饑餓感一掃而空，身體也溫暖了許多，希林好整以暇搭車往總統府前廣場，升旗典禮六點舉行，來到廣場，已經密密麻麻到處是人，蔣經國執政時代，希林參加過升旗，李登輝上臺後，因爲理念不合，便不想參加升旗了，今天純屬意外，沒想到她竟遇到了MK。

希林獨自站在路邊看著眼前人潮湧動時，突然有人喊她，她回頭時看見MK站在那，身上隱約散發著酒氣，顯然是在酒吧混了一夜，或者是KTV聚會剛散，果然，MK說：「沒想到會在這遇到你，我去了躲貓貓，以爲會看到你，阿達說你沒去了，我和同事唱歌剛剛結束，就一起來逛逛。」

希林想起自己一夜未卸的殘妝，在天亮之後，怕是極其狼狽。

我們待會要去吃早餐，一起去吧。MK說。

我吃過才來的。希林推卻道。

一個人？新年你怎麼一個人？常和你在一起的那個朋友呢？

哦，你是說凱晨，她去香港了。

這時候，MK的朋友喊他，說要去吃燒餅油條。

去不去喝豆漿？MK問。

不去了，想回家睡覺。

好吧，再見了。MK隨著眾人走了，希林聽見別人問他那個女孩是誰？不禁覺得好笑，他們只是在蝴蝶養貓見過，其實誰也不知道誰是誰啊。清晨七點，希林還是沒地方可去，打電話找開鎖怎麼也得等到八點吧，也許應該和他們去喝豆漿，就當打發時間，但和一群陌生人喝豆漿也夠尷尬了。

凱晨回來發現希林一個人佔據了整部答錄機，別人都沒機會留話，連說句新年快樂都不行，還以爲是她的答錄機壞了，紛紛提醒她別忘了換一臺。凱晨不禁又好氣又好笑，和米哥說，「我只不過去香港三天，你不能先看好希林嗎？」

「我也想啊，怎麼想到她鬧失蹤，害我擔心，後來才知道人家小姐沒帶鑰匙，進不了家門，眞讓人心疼。」米哥故意說。

「心疼？怎麼沒人心疼我，辛苦拓展業務，回家還得聽她囉嗦，不知道多少追求者邀約的電話，都因爲這位小姐的話太多而錯過了。」

後來希林想，那時凱晨說：「你們都心疼她，怎麼沒人心疼我？」倒還算豁達，因爲她還不需要，但是十年後，她又說了同樣的話，就是眞心的感慨了。

米哥只做了半年，匆匆將蝴蝶養貓讓給了凱晨和希林。米哥決定出讓酒吧時，凱晨和希林正在吃家火鍋，週日下午，兩人去 SOGO 百貨的超市買了牛肉、茼蒿、金菇、蝦餃、福州魚丸、甜不辣，裝了滿滿兩大袋，一人提著一隻袋子回家，等電梯的時候，管理員欣慰的注視著她們：「女孩子有空在家做做飯多好，別一天到晚在外面吃，對身體不好。」凱晨、希林微笑地應和了幾句，沒想到該洗的洗該切的切，準備好了才剛剛開吃，米哥的電話就來了。他說：「我不想做了，你們願意接手，現在就來簽約，明天就由你們開店。」

「什麼？太快了吧，不應該從下個月開始嗎？」凱晨有點反應不過來，她們租了兩部電影，這原是一個無所事事的晚上，吃火鍋、看 DVD 就是她們全部的計畫。

「你們如果想接，就馬上過來，不然還有別人等著接手。」

「米哥，發生了什麼事？爲什麼這麼急。」

「是我個人因素，和酒吧沒有關係，我當初答應了你和希林，如果我不做了，你們有優先權，所以我第一個問你們，你們如果不想接了，還有別人曾經和我說過想接這家店。」米哥的語氣僵硬，完全不像他平時愛開玩笑。

凱晨、希林火鍋也顧不上吃了，立刻下樓攔了計程車趕往新生南路。

後來回想那天晚上，希林不禁懷疑上帝的安排，是不是那一個晚上已經決定了她們兩人的未來，希林將在店裡遇到後來相守終身的伴侶，而凱晨陷入夜的包圍、黯黑的陷阱愈發的深。

當天晚上她們和米哥簽了約，等著淩晨兩點米哥打烊立馬清點存貨，凱晨開了支票給米哥，米哥交了鑰匙給凱晨，交易就算完成了。

回家的路上，凱晨說：「明天下了班，六點半我先去開門，你報社的事忙完再過來。」

「好，十點我應該可以到。」希林說，有種做夢的感覺，原本預期的興奮，因爲事出突然，反而覺得茫然不知所措。

但，希林有時也想，如果米哥當時不是這麼急匆匆的要她們立刻決定，但凡是給了她們三天，不，也許一天考慮，很可能她們就會因爲想得太多，而放棄接手的機會，如果這樣，她和凱晨接下來的人生是否都會改寫？會比現在好？還是比現在差呢？上帝的安排意義何在？當時她沒看出來，現在窺出端倪，卻依然不能明白其中玄機。

多年後的一個晚上，希林和舊同事在西門町吃完魚頭砂鍋，胃裡的溫暖剛剛好可以抵禦入夜的寒涼，美味砂鍋店還在紹興南路時，希林和凱晨一起去過，那時候她還沒和MK結婚，他們三個人在小小的危樓裡，分享了一大盆獅子頭砂鍋，和一瓶金門高粱，帶著五香味的獅子頭，MK讚不絕口，肉質細膩軟糯，砂鍋裡的白菜、豆腐、粉絲、木耳、番茄無不美味，佐以爽烈的高粱酒，具體化了他們曾經嚮往的豪情，不爲瑣事煩憂。

那時的他們眞是年輕啊。

希林、凱晨、MK曾經是標準的酒肉朋友，她們兩人是同一天認識MK的，八十年的耶誕夜，她們沒有預定節目，只是依照默契在希林離開報社前給凱晨打了電話，那天希林下班時已經十一點，凱晨打起精神和希林約在蝴蝶養貓見，希林搭計程車，不過十分鐘就到了，進了Pub，才發現根本沒位置，那個年代她們還沒有使用手機，希林只能從店裡打電話去凱晨家，電話沒人接，凱晨已經出門了，希林無聊的站在Pub裡等凱晨，外邊有點冷，希林穿的還是一條短裙，一會凱晨來了見狀，問希林：「換個地方？」

「躲貓貓？」

「好，比較近。」

「那邊也沒位置，我就是從那裡來的。」MK在一旁搭訕。

她們沒有接話，但至少得到了一個訊息。

那是她們第一次見到MK，後來，三個人有時一起喝酒，有時一起宵夜，大安路信維市場夜市的海鮮熱炒和建國南路橋下的紅燒羊肉爐都是MK帶她們去的，大安路入夜後是另一種面貌，白天的家常透著上班族的習性，牛肉麵、水餃洋溢外省風味的飽足，是臺式排骨飯、廣式叉燒飯之外的選擇，光天化日下的興味喧鬧，尋常日子裡的多姿多味。入夜後大安路夜市的家常氣息中參雜了草莽氣，不是幫派混混的草莽氣，是疲累一天後紓解壓力的無拘無束，冰塊上各式海鮮四仰八叉躺著，這時絕對不該想起膽固醇，油鍋裡蔥薑蒜大把扔下，切塊坦胸露出蟹黃的三點蟹唰一聲下鍋，米酒一倒，火立刻由爐灶蔓延進炒鍋，亮汪汪的照在由青灰轉橙紅的蟹殼上。建國南路高架橋下的羊肉爐又是另一種情調，藍領的實惠，不扭捏，不做作，燉的油酥軟爛的羊肉論斤置入鍋內，特調豆瓣腐乳沾醬，濃郁的滋味是市井小民的偏好，髒汙的紅磚道上，一張一張折疊桌架著，罐裝瓦斯爐上一鍋熱氣騰騰的肉湯，邊吃邊往裡添青菜、魚丸，隨吃隨煮，自主性高彈性大，有點遊走社會制度化邊緣的意味。

MK和凱晨兩個人都喜歡安和路印第安，去了一人點一杯一千西西的生啤酒，佐以炒蛤蜊、烤蟹腳、鹹酥蝦。幾個月後，希林和MK在一起，卻一直沒告訴凱晨，爲什麼不說？大概是擔心原本平衡的三人關係，一旦凱晨發現有了傾斜，就會失去原本的和諧。希林和MK若無其事將日常約會分成幾個部分，希林和凱晨的，可公開，希林和凱晨和MK的，可公開，希林和MK的，就略過不提。這樣又過了幾個月，一直相安無事，凱晨也沒察覺異狀，直到希林覺得和MK的關係可能長久發展時，希林才告訴了凱晨，果然凱晨的態度立即有了轉變，凱晨不再參加他們三人同行的聚會，只和希林單獨相聚，不然就是要約上別的朋友，凱晨對MK的熟稔變得尷尬，似乎拿捏不准分寸，結果變得生疏。

更糟的是，當凱晨對希林有不滿時，不知不覺便轉向MK，是凱晨太向著希林？必須遷怒他人，就像溺愛孩子的母親，總責怪別人帶壞自己的孩子一般，凱晨覺得MK的出現，佔據了自己原本擁有希林的時間，凱晨開始排斥MK。

他們再也沒有三個人一起去吃砂鍋。

如今美味砂鍋分散臺北街頭，聽說是分了家。愈是親密的關係，愈難保持，這個道理人們都懂，所以分外用心，其間拉鋸不斷調整，因爲捨不得，終於維持著凱晨和希林，希林和MK。

然而，什麼事都會改變，沒有所謂的永遠。

天空飄著雨，希林回想著往事，她和MK結婚都十幾年了，凱晨卻從沒眞正坦然過，從某個角度看，她覺得希林背叛了她，獨自將她留在了夜裡。從中華路走往重慶南路搭公車，其實希林可以搭捷運的，走出餐廳後，立馬閃入地下捷運站以避冬雨，但她寧願在地面上多走一會，看看這一座城市，在凱晨離開後，變成了什麼模樣。

婚後，希林曾經因爲工作調動，暫時離開報社，在重慶南路的一家出版社工作過兩年，那時候她每隔幾天會在下班後拎幾樣吃食去凱晨的辦公室陪她加班，蝴蝶養貓在她們二人決定退出後，頂讓給了他人，又過了一年多，就徹底在臺北街頭銷聲匿跡。凱晨走後，如果不是MK，不是當年的一群朋友，希林有時簡直懷疑發生在那方小小的空間，悠長的夜裡，的那些回憶是不是真的存在過？還是只是她憑空捏造的，那些瘋狂的年輕歲月，證明她們真正年輕過的歲月，在凱晨走後，特別讓希林難受。

她沒有背叛凱晨，她這樣告訴自己，是人生，只是凱晨沒能明白，又或者她明白了，但依然堅持。

朝九晚五的那段日子，希林輪流帶著信義路上的鵝肉，信維市場的豬腳，復興南路的清粥小菜，永和豆漿鹹豆漿和燒餅夾蛋去凱晨辦公室兩人一起吃，在新生南路蝴蝶養貓的時代，凱晨就喜歡吃燒餅夾蛋，希林在店裡坐不住的深夜，常自告奮勇到信義路買，她自己吃蛋餅包油條，用燒餅油條來下酒，有種清晨深夜錯亂的混搭現代感，酒精還增添了後現代夾雜意識流的氛圍。那時候希林喜歡喝威士忌，最喜歡 Jameson，一種愛爾蘭威士忌，數不清曾經有多少個夜晚，她們凝視著入夜後的新生南路，陪伴彼此，鄰近一家 7-11 店員還慷慨的告訴她們每天夜裡清除霜淇淋機裡霜淇淋的時間，歡迎她們去吃免費的霜淇淋。

就是這些彼此陪伴不眠的夜晚，使得凱晨覺得遭到了背叛，不只是希林，還有許許多多昔時出沒蝴蝶養貓的人，大家紛紛踏上紅毯，不久還生下孩子，生活的重心、方式、節奏全都變了，只不過這諸多背叛中，凱晨最不能釋懷的是希林。

希林決定退出蝴蝶養貓時，曾經建議凱晨獨資經營，凱晨以公司業務正在擴大，無暇兼顧為由，決定將 Pub 頂讓，頂讓所得的那一半金額，又投入公司。希林當時不知道凱晨公司的情況，不知道表面風光的公司，其實有不少債務。當然對於做生意的人而言，可能不在意債務，有人說向銀行借錢的是有錢人，凱晨不僅向銀行貸款，也向朋友周轉，當她的合夥人捲款潛逃，所有債務背在凱晨身上時，希林不禁想，如果當年凱晨繼續經營蝴蝶養貓，而將公司轉讓給日後潛逃的合夥人，她的一生都將改寫吧。

如果眞是這樣，希林不會在這樣一個回憶纏繞的夜晚無處可去，更不會無處安放那些年輕而瘋狂的回憶。

凱晨不僅被蝴蝶養貓的他們背叛了，更被羽凡貿易公司的另一名創始人背叛了，後者對她傷的更重，以至於她連提都不願再提。日後，在龍舌蘭認識了爲人追債的麥克，她也不曾有委託他處理的念頭，那次的挫敗，對凱晨是恥辱，也是傷懷，她看見了原本的朋友因爲錢惡言相向，甚至反目成仇。曾經讓凱晨覺得爲了愛情而背叛了她的希林，至少這一回沒有因爲錢而改變，她知道那一筆錢是希林結婚前全部的積蓄，她於是明白自己對希林有多重要。

金錢和愛情是現代人的兩門必修課，對凱晨而言，課業尤其沉重。

凱晨究竟需不需要加那麼多班，希林當時就懷疑，也許凱晨是不想回家，只有自己一個人的家，算不算是家？

那時重慶南路還沒有山崎麵包，現在有了。

聖瑪麗撐得久些，希林搬走後，還開了好一陣子，說來有些怪異，凱晨和希林在那裡竟然說了許多重要的事，好比希林工作的報社結束發行，好比亞寧的舞臺劇，好比韋德去國多年後突然重返。

6

海洋 Pisces ：「你遇到靳之濱了嗎？」

Leo 女王：「沒有，我想他已經不再這裡了。」

靳之濱過世後四個月，凱晨認識了韋德，很快兩人陷入熱戀，新的戀情是撫平舊創傷最好的療愈方式，其效果遠大於希林的陪伴。

旅居美國多年的韋德調職臺北那段時間，凱晨不止一次帶韋德去劉家小館吃水餃，劉家小館除了肉餡餃子外，海參、魚、蝦、花枝都包進了餃子，黃魚水餃、蟹肉海參水餃、透抽水餃、明蝦水餃、薺菜餃、瓠瓜餃、冬瓜蒸餃、花素蒸餃、牛肉蒸餃、黃魚丸子湯。黃魚水餃是其招牌，臺北別處還吃不到，以新鮮的大黃魚去皮去刺，打成魚漿後和芹菜、薑和蔥打成泥，包裹著麵皮一起吃鮮美異常。

凱晨點了黃魚水餃和薺菜水餃，另要了燒雞和蔥燒鯽魚，韋德不喝酒，就點了瓶啤酒湊湊興。這燒雞在入鍋炸之前，先在自製滷汁中泡八小時，炸過後再和滷汁一起蒸，吃起來特別入味。蔥燒鯽魚也是店裡的名菜，前一晚炸好後，第二天放在鍋裡燒三小時，魚身溫潤有光澤，魚肉吃起來不乾澀，雖然只是一道小菜，但頗具人氣。韋德吃得很滿意，對食物，也是對一起分享的人，此時他在凱晨身上看到溫柔大方得體，尤為難得的是他也發現了在她的氣質裡還有小女孩的活潑天眞。

在跨國企業任職多年的韋德見慣了爾虞我詐，他適應，不代表他喜歡，所以他分外珍惜凱晨。這一回美國總公司將他由芝加哥調往臺北，兼管亞洲業務，他原不情願，沒想到亞洲區的人事鬥爭更厲害，而且Local的傾軋讓他有些不知所措，可以相信誰？不能相信誰？他只能提防每一個人，弄得焦頭爛額。唯一的美事就是朋友帶著不喝酒的他去了一家小酒館，以爲住在美國多年的人慣於泡酒吧，結果遇到了凱晨。

林間晨曦：「每一段戀情中都至少有這麼一天，是美麗而且值得回憶的，即使後來它變得痛苦甚至不堪。但那一天仍然在那裡，在你的心裡，在你的記憶裡，因此你願意繼續忍受，不是以爲它會重新變好，而是你知道它曾經有多美好，在那段美好的戀情中，連你也是異常動人的。又或者，你不想忍受了，你決定告別他，重新追求另一段戀情，你知道在這新的戀情裡，又會至少有一天，幸運的話也許不止一天，而是一段美好的時光。」

但是，凱晨妄想自己可以找回那一天，她企圖改變自己，改變對方，她不相信原本存在的美好會就這樣不復再現，即使這事已經在許多人身上發生過，也不應該在她身上發生，萬一發生了，也只是個謬誤，可以修正的。一次又一次，她只讓自己更加一敗塗地。

凱晨和韋德的交往有一段時間是順利而且充滿熱情，韋德很滿意自己在年近五十的時候，還能重拾年輕的心情，於他，是一種喜出望外，他珍視，卻還沒想到是否能長久持有，以及長久持有會以什麼爲代價交換。凱晨卻不這麼認爲，她即將三十歲，對於一個女人，該是塵埃落定的時刻，她以爲韋德會向她求婚，只不過還要一點時間，她以女主人的心情和姿態出入韋德在臺北的住處，卻對他臺北以外的生活一無所知。

一個週末，韋德和凱晨約了希林和MK去貓空喝茶，希林點的文山包種，她喜歡清洌不失柔美的茶韻，凱晨殷勤的泡茶，逐一替大家倒滿，這原也是女主人分內之事，韋德找MK下棋，在這一刻凱晨和希林似乎比過去更融洽，她們的生活裡多了兩個男人，而不是一個，兩人說些瑣事閒話，吃著蜜餞零食，計畫喝完茶去哪吃晚餐……多年以後，希林依然不捨得忘記那天下午，她固執地以爲那是凱晨離幸福最近的一天。

韋德在臺北的工作推展不如預期順利，單只是遇到凱晨，顯然還無法改變他對工作的規劃，他向公司提出調回美國的要求，總公司同意了，也許韋德從來沒有適應過臺灣的生活。凱晨難以接受他的選擇，原本的熱情出現強大的分歧，韋德在臺的日子進入倒數，只是使得裂痕更加明顯，意外的發展讓凱晨忘了貼心得體，她不相信遠距離戀情，她以爲韋德如果是眞心，就應該爲她留下，如果不能爲她留下，至少應該向她求婚，問她願不願意爲了他捨下創辦的公司，離開親愛的家人，請求她和他一起走。

「韋德沒有問你願不願意和他回美國嗎？」希林問凱晨。

「問了，但不是和他回美國，他只說我也可以去美國，我問他我去了要做什麼，他說看我想做什麼，他可以幫我。」凱晨克制著不滿，勉強算是鎮定的說完。

在當時，凱晨以爲這就是缺乏眞心，什麼叫她也可以去美國，她當然可以去，這還需要韋德來說嗎？他這樣的說法簡直是在撇清兩人交往的關係，不但不提將來，就連是和他一起回去都沒說，看來他一點責任不想擔，就算凱晨去了，也不代表他們會有未來，更別說結婚了。

韋德有過兩次失敗的婚姻，還有兩個兒子，他已經不再將愛情與婚姻聯繫在一起，他覺得愛情是愛情，婚姻是婚姻，他愛凱晨，但是他還沒有結婚的計畫。

這和凱晨的想法有很大的差距。

從申請調回，到韋德離開，一共只有不到一個月的時間，凱晨哭了許多次，最後還是不歡而散。

是不是如果她多一點心機，要一些手段，在韋德離開前，不和他吵，不和他冷戰，而是用女人的纏綿溫存牽絆著他，讓他記住她的好。那麼當他回到美國，在冰冷的芝加哥冬日，一個人晚餐時，反而會因爲想念她，重返她的身邊呢？

愛情是一場持久戰，輸不起的人更容易失敗。

韋德回美國後，凱晨有一段時間連提起他都不願意，希林也不好多問，但她心裡並沒完全放棄，暗自希望空間的距離不會隔斷這剛萌發的愛情。一個週末，凱晨約希林去陽明山的白雲山莊，雖然白雲山莊距離忠孝東路實在有點遠，而且她們又沒有開車，但希林知道凱晨喜歡那裡，所以還是答應了。以前是靳之濱帶她去的，靳之濱去世後，希林陪她去過一趟，那天她看起來很高興，但希林明白其實凱晨不開心，因爲不開心分外想念靳之濱。今天她大概又因爲心情不好想念起靳之濱，這和因爲想念靳之濱所以心情不好是不一樣的，與靳之濱的愛情畢竟是過去了，不論凱晨情不情願，她的現在式是韋德。

希林和凱晨直接從忠孝東路搭計程車上陽明山，去程問題不大，但回程不一定能順利叫到車，雖然店家可以提供叫車服務，但是在臺北捷運施工過程的交通黑暗期，空計程車本就不是隨處都有，更何況是陽明山呢。就因爲在盆地邊緣的山上，白雲山莊擁有俯瞰這一座城市的視野，繁華美景，盡在眼前，落日彩霞餘暉，以及天色暗下後一盞盞亮起的華燈。點菜的服務員向她們推薦猴頭菇料理，說是店裡的特色料理，店員口若懸河的說猴頭菇與海參、燕窩、熊掌並列宮廷料理，且是店家自己栽培，別處吃不到這麼好的品質，搭配烏雞肉慢火細燉。凱晨有些不耐煩打斷她，說我們先到樓下咖啡廳喝杯咖啡，待會再用餐吧。希林不置可否，猜凱晨不過是想來這裡坐坐，其實沒什麼胃口。

咖啡來了，凱晨以開闊的窗景就咖啡，心情似乎好了一些。她們聊了一些生活上的事，店裡的瑣事，新來打工的小晴的工作表現，凡此種種，凱晨一一細數，直到一杯咖啡喝盡，她才說：「韋德來臺灣前，在美國就有個女朋友，我原以爲距離會拆散他們，現在看來拆散的是我們，我想他又回到那個女人身邊了。」

「你想的？還是他說的。」希林問，她不知道韋德還有別的女朋友。

「他不會說的。」

希林想凱晨認定韋德不會承認，顯然是已經問過了，她倒不覺得韋德是那種一味欺瞞的男人，可能是因爲凱晨沒法接受實話，只好不說，也不是騙，不說就是了。有些人發現眞相後，咬牙切齒地說：「我最恨他騙我，我寧願他對我說實話……」但有時候，對方不說實話，也許是你給了他太大的壓力。

「你想去美國看他嗎？」

「他回去後，倒是問過我，還說飯店他來訂，你知道嗎？這意思就是說他家有別的女人，不能住在他家。」

希林沉默著，她原有意爲韋德辯解，但回頭一想，兩人隔著太平洋的發展確實不大，更何況還有另一個女人夾在中間，新歡原本的優勢，此時恐怕盡被舊愛的近水樓臺占盡。以凱晨的驕傲，別說她未必肯去芝加哥看韋德，去了怕也是陷入僵局。與其如此，一動不如一靜，但看韋德接下來怎麼做，若有心，自不會放棄，若無心，很快就淡了。

「我們上去吃飯吧，不吃猴頭菇，光想著就沒胃口，點幾道小炒吧，我餓了。」凱晨說。

凱晨花了很多時間才明白，她和韋德之間早已無可挽回。韋德和許多自認事業成功的男人一樣，他期望的是自己所愛的女人爲了成全愛情妥協改變，而不是自己爲了愛這個女人不得不妥協改變。

那天之後，希林更是少提起韋德，她原以爲凱晨不去，過一陣韋德總會來臺北看她，沒想到韋德竟然一去經年，當他回來時，凱晨已經發生了太多事，再也不可能回到從前。

7

民國八十二年，延吉街的三布五石傳出有意頂讓，希林、凱晨分別去看過，一天下午，凱晨從繁雜的貿易業務，希林從緊湊的採訪工作中擠出一個小時，兩人在復興南路溫莎小鎮喝咖啡。溫莎小鎮原在天母，後來進軍東區開了分店，車水馬龍的復興南路上歐式仿古建築，雖然有些做作，但也在溫暖的調性裡調入了些許悠閒。凱晨和希林用一杯咖啡的時間，迅速果斷的商量著從資金調度到人員安排，當然也包括她們兩人所剩不多的時間如何挪移，她們決定頂下三布五石，幾天後就轉了手。在溫莎小鎮喝咖啡的那一天，她們還聊起之前週末一起去天母溫莎小鎮吃牛排，凱晨說：「找一天，我們在復興南路吃牛排，離我們住的地方這麼近。」希林說好，但是接下來一段時間忙到翻，等她們再想起這個提議時，溫莎小鎮已經從復興南路消失。

從蝴蝶養貓到三布五石，凱晨意氣風發，以為她會建立起一個夜的世界，第三家店、第四家店會相繼出現，只不過時間問題。因為年輕吧，把事情看得太簡單，出現問題時，也就難以堅持。一個平安夜過去，蝴蝶養貓打工的大非發生車禍，雖無大礙，卻得結結實實休息兩個月，三布五石才剛上手，兩家店的運轉一下出了狀況，歲末年終，凱晨白天業務量本就大，希林的採訪工作和推不掉的應酬也正是最多的時候，兩個人都有些力不從心，雖然捨不得，最後還是決定將三布五石頂讓出去。連續幾個月幾乎可以說是日以繼夜的工作，讓希林大感吃不消，原本開店好玩的部分完全被疲累取代，她想起自己兩年沒出國度過假了，很想立刻放下一切，飛往某個小島徜徉海濱。凱晨卻愈發像個工作狂，靳之濱不在了，韋德也離開了她，男人不如事業可靠，她恨不得更加投入，不知道是想向誰證明，也不知道要證明的是些什麼？她昏天黑地的打拼，不是不累，而是這累反而踏實，讓她可以相信自己。

希林和 MK 去了一趟普吉島，閒散的熱帶風情和美麗遼闊的海域，都刺激著希林出走的渴望。回臺北後，她一直企圖找適合的時機和凱晨說，她想退出蝴蝶養貓的經營，但凱晨可以自己做下去，小晴其實可以掌握大部分店務，凱晨就是管管進貨結帳的事。但一直說不出口，明明已經不想做了，卻沒法和凱晨說，因為太清楚她的執著。凱晨身邊的男人是不是有時也會有這樣的心情，不是不愛凱晨，卻因為壓力而想暫時走開一下，走開了還是會回來的，只要凱晨不追問，不擅自揣度，但聰明自誤的凱晨卻做不到。也或許是不願意做到，因為她沒法任由別人安排指揮，除非是她來選擇。

希林終於說了，凱晨回答，如果希林退出，她也不做了。兩年來收藏著她們的眼淚與歡笑的蝴蝶養貓頂讓給了別人，希林固然捨不得，但至少輕鬆了。凱晨卻暗自認定希林這樣做是為了MK，兩人間的嫌隙愈發難弭平，更何況凱晨也沒有弭平的念頭，對她而言，MK是她和希林之間的第三者，如果可以，她寧願不要看到他。

溫莎小鎮在東區地圖消失了，總督西餐廳倒是一直都在，剛來臺北工作時，有一年耶誕節，希林和凱晨本來計畫各自帶著新認識的男伴去總督吃飯，假裝不期而遇，順便看看對方的約會對象，發表一點意見。結果希林的男伴不吃牛肉，雖然總督西餐也有海鮮料理，但是他提議吃日本料理，希林覺得也沒理由反對，而凱晨當時的男伴靳之濱希望去個安靜一點的地方，提議去外雙溪吃臺菜，她們計畫安排的不期而遇沒有發生。沒過多久希林就和一起過耶誕的男人分手了，沒有絲毫的心痛，她知道自己從沒有對那個男人動過心。而靳之濱在耶誕節後不久檢查出罹患癌症，數個月後撒手人寰。

凱晨和希林繼續在這座城市的食店遊走，那時凱晨以為自己的事業正茁壯，期許鴻圖大展的心情完全不打算隱藏，希林便也信以爲眞，後來追溯竟不能辨是凱晨沒能洞察危機潛伏還是其實寧願自己騙自己。有一回，凱晨約希林去狸禦殿，那是一家日式料理，在她們並不常出沒的區域，店裡採用北海道直輸來臺的各式魚鮮，凱晨點了石狩鍋，據說使用的是日本石狩川進口的鮭魚調理，她又點了烤魚和生魚片。她們一邊喝清酒一邊看狸禦殿的師傅在爐邊燒烤，用的是北海道傳統原木炭燒爐，這種「爐端燒」料理火力強、溫度高，師傅嫻熟的技術可以封住食材原有的鮮美甜味，那一次圍爐而坐的經驗，希林一直沒忘。

不久，凱晨公司就開始跳票，且一發不可收拾，希林回想起那一夜凱晨的意氣風發，滿是心酸，卻始終沒有問凱晨，當時的她究竟知不知道公司的實際財務狀況，漏洞顯然已經存在了很久。後來希林在雜誌上看到「狸禦殿」的店名由來，狸是北海道特有的動物，在北海道餐飲界中，右手拿帳本、左手捧酒壺的狸，代表著當地餐飲界者供奉的福神。店主見上勝俊透露小時候遭雪崩活埋，當時夢見自己被狸救了出來，後來眞的幸運獲救，所以心存感念，將店名取爲「狸禦殿」。被雪片般跳票支票掩埋的凱晨，危機程度不如雪崩，但漫長的活埋過程暗地裡已經展開，冰雪渾然不覺的飄落，日益沉重，溫度隨之流失，凱晨原不想放棄，她夢想著有人會像狸救了見上勝俊一般對她伸出援手，看見她擁有實現夢想的能力，這份機緣卻一直沒出現，等待的疲累絕望，讓凱晨漸漸在冰冷的雪境失去了昔日的意氣風發，甚至失去盎然生命力。

8

海洋 Pisces：「你後悔嗎？」

Leo 女王：「你以前不是和我說，後悔改變不了任何事，不如坦然接受，再尋出路嗎？」

海洋 Pisces：「那個世界的出路會通往哪裡？」

Leo 女王：「我不知道，我還有事看不清，有人放不下，原來死亡也是一種學習啊。」

人生際遇就像酒，有的苦有的烈。這樣的滋味，你我早晚要體會，也許那傷口還流著血，也許那眼角還有淚，現在的你讓我陪你喝一杯。乾杯，朋友，就讓那一切成流水，把那往事，把那往事當作一場宿醉。明日的酒杯莫再要裝著昨天的傷悲，請與我舉起杯，跟往事乾杯。

這是 MK 年輕時喜歡唱的一首歌。再次聽到，希林突然懂得了什麼叫悲從中來，在凱晨走後一千零六十七天，那不是一種大痛，而是幽幽屢屢，密密纏繞，那樣的傷懷，將成爲她生命的基調。

民國九十年，經歷了公司倒閉，被人追債，涉及詐欺種種波折後的凱晨，頂下了延吉街的龍舌蘭，重新過著夜晚比白天長的生活，晚上八點開店，到隔天四點打烊，她佔據著夜的世界，客人們推門走入，不管以什麼樣的心情，他們喝完的不只是杯子裡的酒，也是自己生命的一部分，吞進的苦，咽下的甜，組合出人生悲喜起落。就這樣，凱晨陪伴眾人，消磨掉自己最後的時光，九十八年十二月的一日，歲暮年終，臺北的天氣還沒眞正冷，這回喝醉的凱晨再沒醒來，猝不及防的離開了人世。

龍舌蘭門口忽隱忽現的霓虹燈，亮起又熄滅，閃爍不定，仿佛一個鬼魂妄想成爲實體。

凱晨走後，希林無奈的發現，自己不得不接受，凱晨是再也不會回到自己身邊。希林感覺到自己的內心顫動著，似乎下一步就要崩潰，但是並沒有，不是因爲她撐住了，而是人生沒有這麼簡單，需要承受的還有很多，不論苦與甜。

民國一〇二年，希林在電視新聞上看到了姚桀，因爲行賄詐欺遭到拘留。

姚桀後來開始與凱晨拉開距離，希林看著新聞報導，心裡估摸那時姚桀已經開始籌畫這一樁大型跨國詐欺案。如果凱晨還在，現在她會怎麼說？凱晨走後，小西說，姚桀很傷心，他說：「我最愛的女人離開我了。」希林聽了，不知道該怎麼想，姚桀說的時候，或許是真心，但是凱晨活著的時候，他卻不願意為了自己口中最愛的女人離婚，不僅如此，他還在公司裡為太太娘家的親戚安排了工作，使得他和凱晨的空間愈發狹小，凱晨就是這樣日復一日被迫的沒法呼吸吧。

姚桀被收押，凱晨生日那天，希林經過南京西路，她默默地想著，如果凱晨在，他們會如何熱鬧的為凱晨慶祝生日，但不論他們準備得有多精彩，凱晨都不可能開心，因為姚桀的緣故。希林停在路邊，前方不遠處是曾經人聲鼎沸熙熙攘攘的圓環，就這一座城市的發展軌跡來看，臺北南京西路圓環成形得很早，一九〇八年，這裡本來是一個小型公園，那時中華民國尚未建立，清朝政府尚未眞正結束。公園中心爲空地，周圍遍栽七里香和榕樹，希林仿佛仍能聞到七里香濃烈的氣息。淡水線鐵路開通之後，圓環成爲大稻埕腹地，攤販聚集，逐漸發展成臺北市重要小吃夜市，一九四三年中日戰爭如火如荼期間，爲避空襲圓環一度變成防空蓄水池，一九四五年日本戰敗後，又恢復了小吃圍聚的舊觀。八十個年頭，圓環是臺北重要地標，希林記得讀中學時，班上辦旅遊來臺北，參觀故宮，還去了野柳看女王頭，下榻的旅館就在圓環邊，幾個女孩故意不吃行程裡安排的晚餐，爲的就是待會好好嘗嘗圓環的小吃。當時臺北的鬧區已經東移，圓環漸趨沒落，但是在十六歲的希林眼裡，那裡有著一種讓人好奇流連的異鄉氛圍。

等希林到臺北工作，她逐漸體味出南京西路的滄桑，透露著島嶼的變遷，不同於她曾經天天打卡上下班的南京東路二段，一種鮮明的金融氣息彌漫。希林和凱晨在附近的小巷亭吃過好幾次飯，啤酒搭配關東煮，懷舊滋味濃郁，和當時東區諸如舊情綿綿、IR等後現代風食館格調迴異。再後來，圓環兩度失火，原本的繁華熱鬧不想竟荒廢連年，臺北圓環二〇〇九年重新開幕，在此之前，凱晨已經不踏足延吉街至忠孝東路方圓兩公里以外的區域好一段時間了，她們再沒有去過小巷亭。這一天是凱晨的生日，傍晚希林經過南京西路在電視上看到姚槳交保的消息，心裡一邊揣測著已經不在人世數年的凱晨，如果還活著，生日晚會上得知姚槳可以交保，會是怎樣的心情？一邊走進了小巷亭，隨意指著湯鍋裡高麗菜卷天婦羅一類的小食，然後要了一杯啤酒。以前每年到了這一天，傍晚她總在趕赴凱晨身邊的路途上，現在她卻獨自在高溫的臺北街頭咀嚼自己眞實擁有卻留不住的回憶。

林間晨曦：「鄧麗君驟然離開人世，你也是。每次看到電視上關於鄧麗君的報導，我總是想起你，記得嗎？電影《甜蜜蜜》，張曼玉和黎明在紐約街頭，幾次錯身而過，最後，當電視播出鄧麗君過世的新聞時，他們同時在電視前停下了腳步。

昨天，我在一家小店看見了一頂銀灰色綴滿亮片的鴨舌帽，眞想買下來送給你，卻沒機會了。你離開的前一年，我在無錫街上看到同一款的鴨舌帽，是紅色的，我想送給你，但你不喜歡紅色，於是詢問店員，有沒有別的顏色？店員拿出了另一頂，是桃紅色的，我仿佛看見你唾棄的表情，桃紅色，你更不喜歡了。記得有一回我送了你一枝桃紅的口紅時，你滿臉的不以爲然。如今我找到適合你的銀灰色了，你卻已經不在了。」

去年凱晨生日，希林去看凱晨，小西說凱晨托夢給他，想吃頂呱呱炸雞的呱呱包，於是買了，如今凱晨是張雨生的鄰居，希林空著手什麼也沒帶，她不相信這個世界的東西能送到那個世界，她尤其不相信在這個世界燒一輛紙紮的車，在那個世界，就能行駛在路上。希林只是遺憾，有些事沒能在凱晨離開前做，有些話沒能在凱晨離開前說。好比，送凱晨一頂鴨舌帽。

海洋 Pisces：「我曾經相信，如果有一天，我的爸爸媽媽不在了，這世上還有一個人永遠會記得我的生日，那就是你。」

Leo 女王：「我還是記得啊，只是不在你身邊。」

電視螢幕上姚桀顯得有些憔悴，人也瘦了些，希林想起有一次在加州陽光喝酒，姚桀開心地說：「我聞到了錢的味道。」希林知道他指的是會有資金進入，卻不知道這所謂的資金牽涉之廣超乎她的想像。那時候希林還沒有因爲掩護凱晨與韋德約會激怒姚桀，而韋德那一次失望的離開臺灣後，也沒有再回來，回返美國後，他寫過幾封信給希林，談得多是一種中年心境，他去修了生命學的課程，涉及哲學、宗教、靈魂等等人們並不眞的理解的課題，但未多提凱晨，直到他獲得凱晨的死訊。

凱晨的人生畫上了句點。

別人的故事還在繼續，轟轟烈烈的，或者悄無聲息的。

林間晨曦：「最近我突然想起了那一天的舞會，你當DJ的那一次。舞會上，你在一旁放音樂，不與任何人共舞。我猜想你的心態，寧願放音樂，是因爲如果不能在舞池中成爲最閃亮的一個，你寧願當DJ，至少是全場唯一的。但是也許就因爲你沒有下場跳舞，所以沒學會以退爲進。恰恰、扭扭、吉魯巴，各種不同的舞步，都有相通之處，就是兩個人在進與退之間的配合。你不是全場最閃亮的，並不要緊，你是牽著你的手的男人眼中最閃亮的，就夠了。」

Leo女王：「你知道嗎？我其實只想和我愛的男人相守，不論他在哪裡在做什麼。」

海洋 Pisces：「即使他不像你愛他那般愛你。」

Leo 女王：「不，我會選一個愛我的男人，然後慢慢學習愛上他。」

海洋 Pisces：「那就不像你了。」

Leo 女王：「同樣的人生不能過兩次，總要換一個選擇。」

海洋 Pisces：「愛上一個人只需要衝動，選擇一個適合自己愛自己的人，才需要智慧。等到自己眞正愛上這個男人，便擁有了幸福，也懂得了珍惜。」

蝴蝶養貓，在新生南路消失了。

龍舌蘭，在延吉街消失了。

那些不存在的存在，使人滄桑，寂寞荒涼。

南京西路暮色倉皇，希林感受著啤酒的冰冷，在凱晨走後一千七百一十天。

龍舌蘭

龍舌蘭

你看過龍舌蘭嗎？在中國的南方其實還挺常見的，因爲它生氣盎然，恣意横伸，蓬勃張揚。

龍舌蘭原產於墨西哥，屬多年生常綠植物，植株高大，葉色灰綠或灰藍，葉緣有刺，花梗由排列如蓮座的中心抽出，花朵呈白色或淺黃色。

就和我們聽到的其他故事一樣，龍舌蘭的出現也有一個故事。據說在很久很久以前，在很遠很遠的地方，有一個女神瑪雅修，她愛上了半人半神獸的奎茲寇，他們的愛情不被瑪雅修的祖母，也就是黑暗之神認可，爲了拆散這一對戀人，黑暗之神派出了夜空裡的星星，讓它們去殺死奎茲寇，然後帶回瑪雅修，沒想到星星與這一對戀人奮戰時，誤殺了瑪雅修，她的血和奎茲寇的眼淚融合在一起落到地上，龍舌蘭便從這血淚中萌芽。

可能你知道，有一種酒，也叫做龍舌蘭。

墨西哥人將龍舌蘭釀成 Tequila 酒，酒的味道猛烈，香氣獨特，墨西哥人對這種酒情有獨鍾，飲時，在手背上倒些海鹽舔食，然後用淹漬過的辣椒或檸檬佐酒，一飲而盡。

西元三世紀，墨西哥人已經擁有發酵釀酒的技術，他們用生活中任何可以得到的糖份來釀酒，也包括龍舌蘭，以龍舌蘭汁發酵後製造出來的酒，經常被用在宗教儀式上，飲用後可以幫助祭司與神明溝通，那時的龍舌蘭酒是純發酵酒，酒精度較低，直到西班牙人帶來蒸餾法，才大幅提高了龍舌蘭酒的酒精度。

有了更強烈的酒，祭司和神明是否有了更好的溝通？關於龍舌蘭酒的歷史中似乎並沒有記載。

但你大概不會知道，在臺北延吉街，曾經有一家以龍舌蘭命名的酒吧，老闆菲克思性情濃烈有如蒸餾過的龍舌蘭酒，但是調製得宜，就成了入口芳香，讓人上癮的瑪格麗特。

有些種類的龍舌蘭要生長幾十年才會開花，巨大的花序高度可達七至八米，是世界上最長的花序，白色的鈴狀花多達數百朵，開花後，植株即枯死。

有時人生，也如蓬勃的龍舌蘭，只不過，花開的時候，我們忘記了，有些花，錯過了，就不會再有。

廣州塔是亞運開幕式中廣州最高的煙花燃放點，也是世界上最高的倒計時焰火。十二日亞運開幕時，最先燃放的是十五秒鐘的「紅棉花開迎賓來」焰火，伴隨著倒計時，廣州市花紅棉花從廣州塔底部以每隔一點五秒的速度逐層呈環狀綻放，一直盛開到塔尖，至零秒，禮花綻放，亞運正式開幕。

燈光映照下，五顏六色的大樓，波光灩瀲的江面，還有成串如寶石般點綴的光束錯落有致地連接成夢境般的畫面。

亞力說：「我外調廣州工作時，廣州可沒有這麼漂亮。」

是的，易萌還記得在廣州的日子，空氣中彌漫著滾燙的粥散發的甜香，樓下的茶樓有好吃的鯪魚球和蝦仁腸粉，睡足了下樓就可以飲早茶。那時很多事都還沒有發生，甚至還看不出成型，那時易萌和亞力才剛剛結婚，菲克思還擁有自己的事業，她尚沒有失去得到愛情追求幸福的信心。那時的他們，還很年輕，年輕到什麼都還有機會擁有。

是不是後來發生的一切，其實在那時就已經悄悄醞釀，只是他們都沒有發現。

易萌坐在天津家裡駝色沙發上，面前近兩米長的玻璃桌上擺了紅酒和滷鴨胗，電視上正在直播亞運開幕，煙火環繞廣州塔小蠻腰一路由下往上迸放，繽紛璀璨的畫面，讓易萌想起臺北一〇一跨年煙火晚會，她們總聚集在離大樓不遠的龍舌蘭進行徹夜狂歡，她最後一次十二月三十一日晚上出現在龍舌蘭是二〇〇七年，那一年以後，龍舌蘭的跨年派對她再也沒有去過。

爲了慶祝二〇〇八新年，菲克思早早準備了香檳，預備倒數計時喊出一的時候，拔出瓶塞，像紐約時代廣場上迎接新年到來的人一樣，噴撒出歡樂的泡沫。但是就像面對快速變化的經濟環境時，人們說的計畫趕不上變化，她怎麼都沒料到距離倒計時還有十分鐘的時候，龍舌蘭突然放空，當電視新聞轉播一〇一大樓即將燃放跨年煙火，所有的人都到街口仰頭望著一〇一大樓，等他們重新回到龍舌蘭自己的座位上時，已經是來年一月一日的凌晨零時五分，他們完整的看完煙火秀後，才好整以暇的走回來。

「忘恩負義的傢伙，你們怎麼可以這樣對我，是我邀請你們來參加跨年派對的，你們接受了邀請，就應該和我一起倒數計時，這是規矩啊，懂不懂？」菲克思大聲嚷嚷。

包括易萌在內的所有人，還沒有完全從煙火的炫麗中回過神來，面對菲克思的嚷嚷，才想起剛才把她一人給晾在這兒了。

「沒有規矩，何以成方圓，懂不懂啊，平常菲姐可待你們不薄啊。」杉故意大聲說，其實他自己剛才也出去看煙火了。

規矩？菲克思聽見杉說，她原想再說幾句，發洩自己的憤懣，但杉耍貧嘴接的這幾句話，似乎觸動了她。是的，就在剛才來龍舌蘭的計程車上，她聽見了一首名爲圓規的歌：「我向左轉了半圓，又向右轉了半圈，不自由的走著，是什麼樣的空間，讓我走不出界限，成了中心點。」她發現自己還眞就像圓規，環繞著切不斷的圓心，卻妄想握著風箏的線，能隨時將線那一頭的風箏收回，連線何時斷的都不知道，還兀自在原地畫圈。

誰是困住她的圓心？是林達恩嗎？菲克思知道其實不是，困住她的是她意欲追求的人生，以及追求不得後所產生的不甘心，她不相信自己不能擁有，爲了證明給別人看，她輸掉了更多。結果不知不覺被困在了延吉街，龍舌蘭暗夜中繽紛五彩的霓虹燈，遮蓋酒吧殘破陳設的企圖，已經顯得勉強。畢竟十年了，沙發面都換了好幾次，煙紫、豆沙紅、駱駝棕，不論什麼顏色，都抵擋不了日復一日的消磨。十年，對一家酒吧是一段不短的時間，對一個女人而言，更是無法置換的青春。

電視螢幕上廣州塔在煙火的環繞下變換出各種顏色，媒體戲稱小蠻腰穿上了花裙子。易萌眼光停留在廣州塔上，心裡想的卻是龍舌蘭，她已經連續兩年沒參加過龍舌蘭的跨年派對了，今年顯然也不能參加，那一年她應該陪菲克思一起倒數計時的。她喝了一口晚餐剩的紅酒，早已經習慣了的酸澀味道在口腔漫淹開來，心裡還是寂寞了起來。

煙花揭開序幕後，晚會的節目展開，一朵朵火紅的木棉在舞臺上綻放，洋溢嶺南的柔媚情調，坐在另一張沙發的亞力說：「北京奧運開幕，你看了沒？」

二〇〇八年八月八日亞力在蘇州有活動案，易萌一個人回臺北度假，菲克思約她去龍舌蘭參加奧運開幕夜活動，她沒去。所謂奧運開幕夜，就是一群人聚在酒吧看開幕晚會的轉播，並且喝酒打屁吃下許多高熱量食物，然後第二天頂著或輕微或嚴重宿醉的腦袋醒來。

「沒看轉播，只看了精采重播。」易萌說。

亞力知道易萌對體育運動一向不感興趣，逕自往下說：「北京奧運開幕節目就是大氣，亞運比較秀麗小巧。」

易萌想起張藝謀設計的卷軸，還有象形字，全世界數億人注視著奧運開幕式時，她在做什麼？爲什麼沒有去龍舌蘭？她想起來了，她一個人去看了米勒的拾穗。那年夏天米勒的畫作在臺北展出，吸引了大批參觀者，長長的人龍迫使你必須隨著對伍移動，不能駐足觀賞，不能停下腳步，甚至不能目不轉睛。在人群裡的參觀者很難全神貫注，在別人的推擁下，難免慌亂不耐煩。易萌沒看奧運轉播，她獨自站在米勒的拾穗前，並且兩度往返流連那幅她小時候在月曆上、在一本以拾穗爲名的雜誌上，早已看熟了的色彩線條。然後她離開了夜色中的歷史博物館，獨自在南昌路一家她從未去過的日本料理店裡吃了一份鯖魚定食，其實她離開歷史博物館時還早，她大可以叫輛車去龍舌蘭，她沒事，什麼事都沒有，爲什麼她寧願一個人在陳舊的南昌路晃著。

易萌知道自己的個性孤僻，有時在別人眼裡可能還是做作的，好比她挑了大家都在看奧運開幕的時候去看拾穗，但反正她誰也沒說，她的行爲自然也不必向任何人交待，她討厭別人追問，她說了不去，就是給出了回答，她沒有必要再說明爲什麼不去。

偏偏菲克思和導演兩人都喜歡追問，菲克思特重參與感，所以很多在易萌眼中莫明奇妙的事，她也願意攪和；至於導演，易萌則認爲是出於無聊，他自己劇團忙的時候，還不是幾個星期連電話都不打一個。

但是那一晚的缺席，在易萌心裡還有點別的什麼吧。菲克思一次酒後猛烈的推拒，提醒了易萌，再好的朋友，也不能踩進對方捕獵的地盤，她原以爲自己一直謹守分寸，也許，某一次眼神，某一次話語，已經逾越，卻不自知。

鮮紅色的木棉花瓣翻滾一片豔麗嫵媚，相較於後來出場在船邊持白旗扮演海浪的舞者，易萌是寧願扮木棉的，菲克思呢？易萌彷佛看見菲克思挑起雙眉：「要就作主唱，郎朗伴奏啊，章子怡唱的那首歌我也能唱。」說完自己也笑。

有時候，你明明和一個人很親，知道她對你很重要，但是，待在她身邊時卻又有莫名的壓力。易萌願意陪伴菲克思，她也同樣需要菲克思的陪伴，但是，逐漸的，當她從龍舌蘭走開，留下的感覺並不是快樂，甚至讓原本平靜的情緒變得或翻騰或窒悶，兩者都不舒服。

那麼菲克思呢？她又是什麼樣的感覺？過了很久以後，易萌才想這個問題，卻已經無從得知了，只能自己反覆琢磨。

易萌去龍舌蘭的日子，通常是什麼事都不想做的晚上，連租片DVD打發時間的興致都提不起來。下班後她一個人在報社附近吃份三寶飯，因爲特殊的歷史因素，臺灣不乏道地的港式燒臘，那些說著一口廣東話的師傅，做起菜來一點不含糊，噴香的燒鴨油雞，料夠工夫足。有時吃快餐，主菜她通常捨排骨、雞腿、焢肉，而選煎帶魚，小店另提供多樣配菜可挑選，包括蕃茄炒蛋、丁香魚苦瓜、花枝芹菜、麻婆豆腐、醬燒茄子一類的，而不是炒空心菜、高麗菜、青江菜那般簡單毫無烹飪技巧的敷衍之作，不到百元的價位，家常的口味，看得出花了心思的配菜，適合不開伙的上班族。

報社結束後，易萌偶爾想起報社附近的小餐館，環繞八德路遼寧街的公司支撐他們的午餐，而報社原有的兩百多人，對他們的晚餐時段不無小補啊。易萌於是領悟到，一個單位的消失，影響的不僅是因此失去工作崗位的人，還有很多其他，就連以他們報社命名的公車站，也是在報社結束後相當一段時間，才做了更名，曾讓坐車經過聽到站名廣播的易萌有種時光倒轉的錯覺。如今他們的生意顯得冷清嗎？而這些年，相似的連鎖影響層出不窮，一環接一環在易萌身邊湧現，因爲無力抗拒，反而有種隨遇而安的淡然。

坐在小餐館用筷子夾起表皮金黃的肥厚魚肉時，易萌偶爾也會想起帶魚在海中的泳姿，深藍的水波裡S狀前進，最終還是躺在了白瓷碟子裡，神秘湛藍的海水驅趕不去來自人類的危險。

這危險，連人類自身亦難以躲避。

吃完飯，爲了殺時間，她再走到南京東路去搭公車，如此才能將她出現在龍舌蘭的時間拖延到八點半。那時她工作多年的報社正經歷數次規模不一的裁員，難以言說的滯悶氣氛充斥辦公室每個角落，發完稿的易萌完全不想在辦公室裡多作停留，踩著搭配出席各種記者會而穿著的低跟鞋敲打著騎樓的地磚，龍舌蘭紫色的霓虹燈剛剛點亮還透出惺松，彷佛剛伸了懶腰打過呵欠，眼睛都還睜不開，易萌已經推開門，闖了進去。易萌去龍舌蘭的日子，她總是第一個客人，門裡塞滿了昨夜吐出的菸，悶了一天的尼古丁和焦油的氣味，易萌義無反顧走進去，然後坐在龍舌蘭吧檯右邊數來第三個位置，易萌會點一杯酒，在她即將喝完這杯酒時，菲克思才會出現。

多年來，菲克思見到易萌的第一句話總是：「吃飯沒？」

十次中有八次易萌的回答都是吃過了，如果不去吃個飯，易萌更不知道要如何混過發完稿到菲克思抵達龍舌蘭之間的兩個小時。

其實可以看場電影。

但是易萌去龍舌蘭的日子總是她什麼都不想做的時候。

菲克思把剛買來的食物放在吧檯，然後對易萌說：「我剛才去 SOGO 買了煙燻火腿肉，你待會兒再吃。」有時煙燻火腿肉會以壽司、鮭魚派或者其它什麼食物代替，反正菲克思總是準備著各式各樣吃食，隨時餵養她的客人。

也許她沒法塡滿自己的心，就塡飽大家的胃吧。

「還有麵包，有雜糧的，有鮪魚的，你挑兩個帶回去當早點，別光自己吃，不給亞力吃。」

菲克思總愛拿這件事嘲笑易萌。

易萌剛和亞力結婚時，一天兩人吃完晚飯逛進一家麵包店，易萌說買個麵包明天當早點吧，亞力說沒看見想吃的。亞力是那種吃飽了，頓時沒了胃口的人，不會爲幾個小時後將會發生的饑餓預作準備，於是易萌爲自己挑了一個麵包。第二天早上亞力起床，看見易萌正用昨晚買的麵包佐咖啡時，便環顧餐桌，然後不解的問：「我的麵包呢？」

「你沒有啊。」

「爲什麼你有，我沒有？」婚前一直與父母同住的亞力，顯然不明白早餐不會平白無故出現在餐桌上，像童話故事裡小仙子幫老鞋匠縫製的皮鞋。

「因為昨天在麵包店我挑選了麵包，而你沒有。」易萌微微不耐，這不是很明顯的事實嗎？難道過了一夜，亞力就全忘了嗎？

後來菲克思總拿這事笑易萌，菲克思曾經天天幫同事做早餐，她現在也不厭其煩為人張羅吃喝。但是易萌和她不同，易萌認為人有選擇不吃的自由，所以當她在麵包店提醒亞力，亞力卻沒作出選擇時，就是在行使這種自由的權力。

菲克思不明白，這就是易萌對待愛情的態度，彼此擁有足夠的自由。菲克思以為愛一個人，自然會關心他的生活種種，並且願意有更多的參與。但她忽略了，這樣的參與常常不知不覺變成了干預，而干預又會產生壓力，接著對方為了逃避你的干預，便不由自主的開始欺瞞，終於隔膜日益加深。

易萌和菲克思的不同當然不僅顯現在對於分享食物之上。菲克思回想起更年輕的時候，就連失戀後的悲傷，易萌也不忘此時仍是個不錯的放電時機，受了傷的女人分外能激起某些男人的不平，繼而發展出保護欲，而新戀情又正好是治療失戀的一帖絕佳藥方，至於新戀情能否成功，以後再說，反正眼下是一舉數得。菲克思卻總是不懂轉圜，只能依著自己最直接的感覺走，生氣就是生氣，傷心就是傷心，她心無旁騖的在一種情緒裡，即使那情緒即將淹沒自己。

電話響了，滷菜外送店問要不要豆乾海帶豬耳朵？菲克思說，不用了，先前叫的還沒吃完呢。

「這幾天生意不好？」易萌問。

「還可以，只是大家吃滷菜吃膩了。」

龍舌蘭的生意好不好？菲克思自己若不想說，就是賠錢，她也不會承認。這是面子問題，所以對她而言，每天開店有沒有人氣，和結帳時有沒有賺錢一樣重要，如果這一天有人進來花一萬兩千元開一瓶Royal Salute，安靜地喝完，然後離去，就帳面上當然是有利潤的，但是太冷清，菲克思還是不滿意。所以菲克思同時需要撐錢場和撐人場的客人，但是顯然她更擅長籠絡後者。

「會長來了。」菲克思說，順著菲克思的眼光，易萌看見一個中年男子從計程車上下來，這是會長那群客人的好處，晚上會喝酒，他們絕對不開車。

「下星期的飯局別忘了。」會長一進門就提醒菲克思，然後在二號桌坐下，那是他最喜歡的位置，因為正對著空調，體型碩大，又穿著西裝打著領帶，會長需要比別人低攝氏五度的空氣。

「在西華飯店，我記得。」菲克思將一瓶傑克丹尼爾和一罐蘇打水放在桌上，然後又送來一隻裝滿冰塊的冰桶，兩隻玻璃杯，會長在瘦長的水杯裡倒上蘇打水，然後在矮胖的威士忌酒杯裡放入三顆冰塊，倒上半杯酒。

「這是攜件參加的派對，你帶誰作你的伴？」

「來，會長，我給你介紹，我最好的朋友，易萌。」菲克思回身從吧檯邊拉過易萌，「她是個記者，還是個作家，我就帶她做我的伴，行不行？」

「當然行啊。」會長掏出名片遞給易萌，投顧公司，那是易萌完全陌生的領域，正擔心接下來的冷場。眼尖的菲克思看見店門口停了一輛計程車，下來一個熟悉的身影，菲克思說：「麥克來了，你們約好的？」

會長點點頭。

菲克思轉向易萌，「我上次和你提過，來了一個客人說認識你，就是他，你記得嗎？」

易萌看見推門進來的男人，及肩的頭髮紮在腦後，一臉不以爲然的表情，看見易萌，他嚷著：「你今天怎麼也來了？」

原來麥克就是他，易萌以前訪問過他，著名的畫家。

多年前他第一次去菲克思和易萌經營的酒吧蝴蝶養貓，四處打量的神情引來菲克思的不悅，拿酒單給他，他也不看，連問了兩款德國品牌啤酒，都是蝴蝶養貓沒有的。

於是菲克思不高興的說：「你只剩下最後一次機會，你再點一樣我們沒有的東西，就只好請你離開了，顯然我們這裡不適合你。」

麥克看著菲克思，作出了他第三個選擇：「百威啤酒。」

臺北任何一家酒吧都會有的啤酒，菲克思滿意的離去，從冰箱拿出百威，送酒過去的時候卻又聽到麥克說：「我最不喜歡有些店裝潢的很做作，這家小店髒髒的反而很好……」說到這時麥克發現菲克思正氣憤的盯著他，於是立馬改口：「有點髒又不會太髒，地板有點菸灰，這樣才真實不做作嘛。」菲克思對於他的轉圜算是接受了，放下百威轉身離去。

那是麥克和菲克思的第一次接觸，聽易萌說完這一段往事，菲克思才想起來當初確有此事，轉頭和麥克說：「那天你說你以前來過蝴蝶養貓，怎麼沒說這件事，你說了我一定記得。」

「你記得，我不記得。」麥克說。

「下星期的派對，你的伴找好沒？」會長問麥克。

麥克不回答，反而轉頭問菲克思：「你帶誰？」

「我帶易萌。」

正說著導演推門進來，麥克便說：「那我帶導演。」

導演不明就裡，「帶我去做什麼？」

「吃飯喝酒哪，還能做什麼？」麥克嚷嚷，隨即和會長說：「他們三個是好朋友。」

易萌不知道麥克這樣一句話，別人會怎麼解讀易萌、菲克思和導演之間的關係，但顯然會長的解讀和易萌不同。

派對在西華飯店二樓宴會廳舉行，出席的人證券業者爲多，參雜了律師、大學教授和媒體人。易萌不認識派對主人，和會長也是初識，晚餐開始前，先到的客人隨意喝點雞尾酒，一邊聊天交換名片。爲了避免置身陌生人群間的不自在，菲克思約易萌和導演在樓下大廳會合後一起進去，三個人一起現身，果然少了很多尷尬。但是到了晚餐時間，主人招呼大家入座，易萌隱隱意識到另一層尷尬才開始，這誤會是怎麼產生的呢？一條可供三十人入座的長桌，每個位子前都放了名牌，長桌的兩端各安置了兩張椅子，本該是主人的位置，但今天打破常規，主人坐在別處。易萌訝異的發現自己的名字竟然在其中一端，旁邊安排的是麥克，大家都入座了，易萌有些不明就裡，但一時也難以調換位置，只好先坐下。對面遠遠的那一端，同樣坐了一男一女，易萌雖然今天是第一次見他們，但已經可以猜出他們的關係，男的有太太，女的是情人，他們也不避諱，大概朋友都是知道的。

易萌尷尬的望向菲克思和導演，她原以爲可以和他們坐在一起，菲克思旁邊安排的是一位證劵業總裁CK，菲克思很滿意，CK舉止優雅談吐有度，是菲克思喜歡的那一型。菲克思挑選的總是耀眼的，一走入大廳就能看到的，只要是他現身的場合，就有不只一對目光暗暗跟著他轉。外形儒雅的總裁，有錢有勢還有風度氣質，各方面都符合菲克思的期望。但導演和易萌不同，他們不選耀眼的，而選擇乍看似乎被人群淹沒，別人一眼沒發現，但其實魅力暗藏內斂。差別是導演主動搜索，易萌守株待兔，等著別人搜索，再決定接不接受。

當然，這不過是一種調劑，不論已婚單身，沒人打算往下發展，就像派對裡的酒精，有提高情緒的作用，但一般只維持幾個小時。

服務生開始上開胃菜，會長帶著大家祝酒。

麥克小聲嘀咕著：「他怎麼這樣安排座位，對你不好，有人會誤會。」

易萌無奈的看了麥克一眼，難道那天簡單的攜伴對話，會長誤以為麥克對易萌有意思，但這誤會未免周折，爲什麼不是誤會導演和易萌，或者菲克思和麥克？易萌不解，但既然派對是歡聚，就當作猜謎遊戲，猜猜別人的心思。

麥克說：「我待會先走開，位置空了，馬上會有人坐過來，你就隨便和人聊聊，一會大家酒喝多了，就忘了誰原本坐哪了。」

果然，祝酒後，導演上臺唱了一首歌，導演的位置空出，麥克便坐了過去，接著和玩大風吹一樣，大家輪番換位置，像易萌這樣堅守位置直到吃完主菜，喝完咖啡的人，是絕對少數。大家似乎只對喝酒聊天有興趣，食物是陪襯的背景，易萌倒是認眞吃完牛排，還吃了兩個雜糧小餐包。

衣香鬢影很快成了酒酣耳熱，大家以玩笑下酒，智利紅酒開了一瓶又一瓶，導演在別人的鼓動下唱了好幾首歌，明明是五星級飯店的派對，主人偏偏要稱之爲歲末街友聚會，事業有成的一群人自比爲露宿街頭無家可歸的流浪漢，這樣的自嘲在易萌看來一點不心酸，即便他們有中年的寂寞與蒼涼，有事業的壓力和衝撞，但這寂寞與壓力是富足的，這蒼涼與衝撞也是精雕細縷的。

第二天下午，易萌接到導演的簡訊，「你記得昨天穿寶藍晚裝的女人嗎，一頭長卷髮。」

易萌正在報社發稿，她回覆：「記得啊，全場最美豔的女人。」

「她發簡訊給我欸。」

「說什麼？」

「說我的歌唱得很好，希望改天有機會能和我合唱。」

「你回了嗎？」

「回了，我說一定會有機會的。不回，不太禮貌吧。」

「回了就好。」正在發稿的易萌其實想快點結束這簡訊討論，導演明明是男同性戀，接到一個已婚女人的簡訊幹嘛這麼上心，就算那個女人再漂亮應該也與他無關啊。

「我在想，是不是現在就該提出邀約，人家女方這樣說，已經超過一般暗示了。」導演的簡訊又來了。

「暗示什麼？」易萌不解。

「暗示如果我約她，她會答應。」

「你管她答不答應。」易萌不耐的回覆。

「那我約還是不約？」

「我不認識她，你先問問菲克思吧。」

手機終於安靜了，易萌專心發完稿，打了電話給導演。

「你約了嗎？」

「沒有，菲克思警告我別約，她老公有槍。」

「怎麼？她老公混黑道的啊。」

「不是，是員警。」

「你又不可能喜歡她，惹這麻煩做什麼？」

「所以我和你說，女人不可信，她都結婚了，還招惹我做什麼？」

易萌突然想到昨晚坐在她對面的那一對男女，導演也看到了，已婚男人高調帶女朋友出席派對，他完全沒有任何批評。已婚女人不過是發了個簡訊，說不定只是基於友善禮貌，並沒有導演以為的暗示，在被警告最好別提出邀約後，導演馬上改變了態度，真是大男人心態。

「哪天吃晚飯？」導演問。

「星期五吧。」

「好，吃什麼？」

「忠孝東路秋吉串燒。」

星期五晚上，易萌和導演一前一後來到秋吉，易萌說坐吧檯，導演嫌擠，堅持坐桌位，易萌讓步了。他們是多年的朋友，但是就和她和菲克思一樣，多年交往下來，彼此還是有很多歧異。在桌前坐下後，易萌說：「你不覺得看吧檯裡的師傅烤肉很有趣嗎？」

「我寧願看你。」

易萌點的啤酒送來了，導演點溫清酒。

「說到看你，我的視力眞是愈來愈差，我們坐的這麼近，我看你不是很清楚誒。」

「你有老花了。」易萌隨口說。

「花到連對面的人都看不清？」導演不以爲然的口氣。

「你有老花了，卻戴著矯正近視的隱形眼鏡，眼睛看遠看近不斷調焦距，太累了。」

「這樣嗎？難怪我覺得頭暈。」

他們都不再年輕，卻還在愛情的遊戲場裡轉悠，導演其實是希望尋到眞愛，只是這尋找並不是站出來大聲疾呼或者網上人肉搜索能夠得到的，只好在可能的地方晃悠，暗暗祈禱早日遇到。易萌已婚，且不打算發展外遇，她的轉悠照她的說法不過是一種抒壓，只停留在眼波流動，不但絕對沒有肢體接觸，連語言交鋒都沒發展到，空氣中的曖昧而已。若照導演的說法是，這是易萌少數會的遊戲，不捨得完全放下不玩，就像戒賭的人，不打牌了，卻忍不住想旁觀戰局，興起時插個花。那麼，菲克思呢？她尋找的是讓她離開林達恩的力量嗎？還是好勝心作祟，即便不期待新戀情，但還是要和別人較勁，哪怕一較高下的競技不過是玩曖昧，因爲沒有實質行爲，輸贏全在心中，根本難分軒輊。

易萌吃著炸雞肉丸，鬆軟的內裡，香而脆的外皮，不靠麵包糠，完全是火候的掌控。易萌不喜歡油炸的食物外表裹上麵包糠，往往吸附的油脂太多，影響口感。

「我的眼睛太乾了，隱形眼鏡根本戴不住。」導演抱怨。

「取下來吧，不然難受。」

導演取下一枚鏡片，眨了眨眼，笑了起來：「你猜怎麼回事？」

易萌已經想明白了：「你在同一只眼睛上帶了兩枚隱性鏡片。」

「你怎麼知道？難怪我看不清楚，還覺得頭暈，所以我的老花沒你說得那麼嚴重。」

「老花眼可能還好，但是腦子不好使，更麻煩了，小心先期的老年失智症。」

「說不定，我老在找東西，哎，活著真沒意思，沒人愛我，註定孤老。」

導演開始自悲自歎，但這並不影響他的胃口。

從導演在愛情路上的跌跌撞撞，易萌覺得同性戀者要找到適合且長久的伴侶，比異性戀者更難。但導演眼中，周遭看得到的婚姻大多是千瘡百孔，貌合神離勉強維持，更不堪。他提到的所有婚姻，沒有一對值得羨慕的，至於那些他不曾批評過的婚姻，通常是他對那個人的感情生活一點興趣都沒有。

因為並未公開自己同性戀的傾向，所以導演還是不時遇到女人向他示好，或有人熱心為他介紹女伴，看來婚姻之路的發展要來得樂觀許多，如果他願意放棄對男人的依戀。

「但是那些女人愛的不是我，是我的身份，我的條件，符合她們心中的好老公標準，這些全拿掉，她們並不喜歡我。」

「我們買車也要看配備啊。」

「愛情能和買車比嗎？我說女人就是太現實，而且一旦結了婚，就想控制這個男人。」

導演繼續抱怨沒人發現他的可愛，他只是希望有人可以在週末看場電影，然後去市場買點菜，一起回家做飯，聽音樂。

「這樣的願望，這麼難達成嗎？」

「和菲克思一起也行啊，爲什麼一定要和情人。」

「這是不可能的，打我從倫敦回到臺灣，你就想把你的好朋友塞給我。」

「等你老到動不了了，爲你拔掉呼吸管的約定，可是你們自己定的，和我沒有關係，我只是告訴你，作伴的人有很多種，不一定和情人作伴才幸福，和朋友一起，也是一種幸福。」

「我知道啊，所以找你吃飯啊。」

離開秋吉才八點，他們在忠孝東路隨意逛著，看看路邊攤的商品，品頭論足一番，逛到敦化南路，他們決定去龍舌蘭。其實幾乎每次都是這樣，他們一起吃飯，然後去龍舌蘭找菲克思，有時其中一個人有事，就跳過晚飯的部分，直接去龍舌蘭，導演從倫敦回到臺北後，龍舌蘭早已成爲他生活中不可或缺的部分。

菲克思已經在店裡，看見他們兩進來，菲克思卻往外走。

「怎麼我們來了，你倒要出去？」導演問。

「去對面超市買檸檬。」

「我陪你去。」易萌放下皮包，隨菲克思往外走。

超市距離龍舌蘭不過三分鐘的路，亮晃晃的燈光下，易萌和菲克思都覺得有些陌生，她們以前住在對門時，常常一起逛超市，開了蝴蝶養貓之後，週末更總一起採買店內需要的物料。後來蝴蝶養貓結束，易萌結婚，菲克思公司倒閉，又開了龍舌蘭，兩個人就鮮少在龍舌蘭酒吧以外的地方見面。有一回，易萌在忠孝東路的巷子裡看見菲克思走過，是中午時分，陽光耀眼，易萌竟然不確定那是不是菲克思。下午菲克思打電話給她，易萌才問，中午十二點半左右，她是不是從主婦之店門口走過？

「你看見我？怎麼沒喊我？」

「看的不是很清楚，我和朋友吃飯。」

易萌說不出口，那一剎那，她竟不能確定，二十幾年的朋友啊。對菲克思的陌生，是因爲什麼改變了？是易萌？還是菲克思？

易萌知道，從她決定嫁給亞力起，在某種程度上，菲克思就已經覺得自己被背叛了，易萌和她的時間變少了，這多少讓她失落，她們曾經那麼親密，現在有了說不出的隔閡。

「導演有沒有和你說簡訊的事？」

「你是說西華飯店那天，派對中那個漂亮的女人嗎？」

「是啊，她有老公你知道吧。」

易萌點點頭。

「她剛剛分手的男友是會長。」

「眞的嗎？」易萌很詫異。

「我也是才聽說的，所以她故意發簡訊給導演，現在簡訊的事會長也知道了。」

「她自己拿給會長看的？」

「不是，她透露給一個人，而她知道這個人一定會傳話給會長。」

「眞複雜，爲什麼呢？想激起會長的醋意？」

菲克思聳聳肩，「會長不會落入陷阱，那個女人的用心，會長一看就透，看不透的是導演，如果我不警告他，他還傻傻的要邀約人家呢。」

不同於更多單身者流連的夜店，龍舌蘭的夜晚是已婚者暫時走出婚姻框架，不傷大雅的浪蕩，短暫夜遊後，生活秩序如常，會長天天早起扮演著好爸爸的角色。有時候，穩定是人們的渴望，所以選擇家庭；但年輕時對於天涯浪跡的遐想，又促使他們在不影響眞實生活的情況下，小小的放縱，這放縱某種程度只是心靈異想。對於尚未步入婚姻的人，置身其間，難免覺得周折荒唐，不知所以。

更何況菲克思還不知道導演是同性戀，雖然易萌一直提醒導演應該讓菲克思知道，菲克思連將來導演臥床不起時，幫他拔呼吸管的事都答應了。但易萌也明白即便是認識這麼多年的朋友，也許要說出自己不一樣的情感取向，還是會有些猶豫吧，導演很難不多想，一旦說了，菲克思會不會改變對他的看法？

在後來的日子裡，易萌卻逐漸發現，菲克思周旋在一群已婚的男人間，也許她還更願意接受導演同性戀的傾向，同樣是沒發展，但導演是因爲和她一樣喜歡男人，別的男人卻是因爲其他女人。菲克思受到情感投射的驅使，對於他們拈花惹草後安分回家固然不滿，但他們對於外面女人的眷戀，其實更讓她不平衡。

她們買了檸檬回來，易萌不打算告訴導演剛才菲克思和她說的事，反正那個漂亮的女人已經和他們無關了。

「薄酒萊要快點喝了，已經一個多月了。」費哥走進來，看見吧檯後面架子上還有兩瓶薄酒萊，那是一款每年十一月供人試當年葡萄酒品質的新酒，不耐放的。

菲克思拿下來，問易萌：「喝這個？」

「好。」易萌轉頭對導演說：「這才是正常的對話。」

「什麼意思？」導演不解。

「春天時談談今年的枇杷甜不甜，秋天時說說今年的螃蟹肥不肥，這樣的對話，別人才好接。」

導演笑了，知道易萌指的是晚餐時他的怨歎，「我也只是和你說罷了。」

「那可不是，很多人都聽過的。」菲克思放下酒杯，和打開了的薄酒萊。

「你又知道我們在說什麼了。」導演不以爲然。

「反正就是些活著沒意思之類的話，你最好對我好些，不然等你不能動彈了，我故意拿拐杖戳你，踩住呼吸管不拔，就在你喘不過氣時，再鬆開呼吸管，不讓你痛快咽氣。」

費哥喝麥卡倫，那是一款在釀造過程裡存放在雪莉酒的橡木桶中，因此除了麥香之外，還散發出雪莉酒獨特的香氣。

菲克思拿出骰鐘和費哥玩，他們兩人算是龍舌蘭的高手，這遊戲兩個人不好玩，他們拉上剛進來的小威。幾乎所有有規則的遊戲，易萌都不擅長，好比下五子棋，別人都看得出來該下在哪，就她不知道。菲克思和她相反，這些遊戲她總掌握得快又好，但是她玩遊戲時的精明果斷似乎在眞實的人生裡用不上，遊戲的輸贏是明擺著的，菲克思獅子座的個性就是不服輸，但人生的輸贏有時不是一眼看得清的，面子上贏，裡子卻輸的事，她常做。她輸在感情用事，明明已經輸了，還不肯認，不僅因為不甘心，也因為好勝心，不相信自己扳不回，結果孤注一擲，輸的更慘。

易萌和導演邊喝邊聊，薄酒萊喝了大半瓶的時候，唐銘進來了。

唐銘也不喜歡玩骰鐘，聽說有一回為了湊人數，他們拉他一起玩，結果他搖完骰子後，不打開來看自己的點數，就這樣全憑機率來猜，結果搞得局面大亂，玩家們原本憑藉的各種推估方法都失效了，因為當他喊出點數時，他自己也完全不知道搖出來的點數究竟是怎樣？唐銘說：「我只是換個方法，讓你們變個思路，怎麼曉得你們這麼容易就亂了？」

易萌想，對於人生，菲克思、導演、唐銘各有各的賭法，誰贏了什麼？誰又輸了什麼？遊戲還沒結束，當然無法算得清，易萌兀自為菲克思著急，其實都是徒然，菲克思最終自有自己的離場方式，只是那時易萌還不知道，有一天，她會趁他們沒注意換了遊戲的玩法。

唐銘看見易萌和導演挺高興的，唐銘也喝麥卡倫，他在易萌身邊坐下，問：「你們喝什麼？」不等回答，唐銘逕自看了瓶身的標籤。易萌說：「請我喝杯你的酒吧。」

「好啊，那有什麼問題。」唐銘要 Bartender 多拿一隻威士忌杯。

「再拿個杯子。」導演喊，轉向唐銘：「也請我喝一杯。」

唐銘做了個請的手勢。

易萌覺得導演有一點刻意，暗暗和她較勁。

較勁的起因是不久前龍舌蘭辦耶誕派對的那一天，他們兩人都有酒意了，突然導演提議來個比賽，今晚誰能坐上唐銘的跑車算贏，易萌說好，因爲上湧的酒意吧。那天唐銘和朋友一起來，沒坐在吧檯，但是他過來祝易萌和導演耶誕快樂，他們乾了一杯酒，易萌趁勢給了唐銘一個擁抱，導演拉過易萌，在她耳邊說：「這應該是個公平的競賽，你玩手段哦。」

易萌笑了笑，她其實只是在鬧，亞力也在，她怎麼可能讓唐銘送她回家呢？不過是因為之前導演就在猜唐銘是不是雙性戀，不過這猜測不能認真看待，因為除了導演完全沒興趣的男人之外，他總認為男人眞正喜歡的是男人，而不是女人。只不過很多男人被整個社會誤導了，被傳宗接代的期望誤導了，所以忽略了自己眞正的渴望，如果經過適當的引導，他們體內原始的情感自然會被喚醒。他認為唐銘是雙性戀，而且唐銘自己也知道。

「他有太太，有孩子。」易萌企圖阻止導演沒有根據的猜測。

「但是離婚了，為什麼？」導演雙手一攤，意思是答案昭然若揭，因為唐銘是雙性戀。

易萌不和他辯，唐銘喜歡誰是他的事，但是導演這種主張，總認為男人愛的是男人的論調，讓易萌覺得不必和他溝通下去了，因為根本不在同一個頻道上，如何對話？

菲克思倒是願意接受導演的說法，因爲她隱隱覺得唐銘對自己有意思，喝了酒之後曖昧的言辭，含蓄的調情，卻僅止於此，說不定就因爲他是雙性戀，若眞是如此，菲克思反而可以坦然接受，不然豈不是對她的魅力的質疑嗎？

耶誕夜那天，易萌大約淩晨一點鐘和亞力先走了，龍舌蘭的熱鬧仍在繼續著。易萌睡了一覺，醒來其實不太記得昨夜的事，她和導演的競賽也只是好玩罷了。但是下午，她接到了導演的電話，他宣佈：「你輸了。」

「唐銘送你回家？」易萌琢磨著導演的宣示，努力想起自己在什麼競賽中輸了。

「是的，我們開著他的敞篷車，在午夜的臺北兜風，然後他送我回家。」

「你有沒有請他上來坐一坐？」

「你瘋了，我和我爸住誒。」

易萌笑了：「好，恭喜你，你贏了。」

易萌的心裡沒有任何感覺，但是菲克思呢？如果菲克思知道整件事，她會有想法嗎？易萌猜測著，結了婚的人在某種層面上已經脫離了這樣的遊戲，今天她不論輸了贏了，她仍然會和亞力在一起，不會改變。如果她贏得唐銘的好感，那不過是滿足虛榮心，已婚女人企圖證明自己仍有魅力的一種虛榮心，耍耍小曖昧，就這樣吧，不僅她不會想有進一步發展，一時意亂情迷之後，就連對方也怕麻煩。她很清楚這一點，所以她輸了，也無所謂。但是導演和菲克思的感覺可能就不是這樣，他們還在愛情市場上待價而沽，所以無法不去看輸贏，即便沒有實質發展，也影響在這條路上奮戰下去的信心啊。

他們三個人是難得的好朋友，但是他們之間也不可避免的存在著各種小小的競爭，輸贏通常沒有實際的影響，但還是存在於他們心裡。

這些曲折，唐銘知道嗎？

他切進了菲克思、導演和易萌之間，是不經意，還是刻意？易萌沒把握，導演卻認定是刻意，所以就連易萌喝了唐銘一杯酒，他也要得到一樣的待遇。

奧蘭群島海底古沉船被發現後，打撈出一百六十八瓶香檳和四瓶啤酒，其中部分為法國著名的凱歌香檳，部分由現已停業的法國朱格拉爾酒坊釀造。據芬蘭媒體報導，運送這批香檳的古船可能是十九世紀初受法國國王路易十六派遣，駛往聖彼德堡向俄國皇室贈送禮品的船隻。

經專家鑒定，這批香檳約兩百年前釀造，不僅仍可飲用，而且品質極佳，因為瓶中壓力，海水完全沒有滲入，加上海中的溫度適宜，且海水隔開了陽光，保存的甚至比在陸地上更好，預計單瓶拍賣價可能高達七萬美元。

品嚐過這兩款香檳的專家如此描述，尤林說，凱歌香檳含有濃郁的椴樹花和酸橙皮香味。弗朗索瓦・奧特克伊爾則表示，帶有一絲咖啡香味，同時混合了花香和酸橙樹的味道。

一名芬蘭記者說，喝起來很甜，有點兒像巧克力、葡萄乾和太妃糖相混合的味道。另一名美國記者則覺得，像酵母加蜂蜜。

易萌在電視上看到這一則報導，心裡想著，在海水裡保存良好的香檳，當從海裡撈上岸後，周遭的環境發生變化，是否瓶子裡的香檳也將產生質變，也許應該讓它們繼續躺在沉船裡。電視已經開始報導下一則新聞，她仍在心中回溯品酒專家使用的形容詞，椴樹花，她連什麼是椴樹花都不知道，怎麼能瞭解專家的形容？易萌從以前就一直覺得這些品酒專家的形容太富有想像力了，什麼野莓的芳香、橡樹的氣息、紅寶石的光澤，還是記者形容的比較平易近人，巧克力、葡萄乾和太妃糖相混合的味道。

香檳原是易萌最喜歡的酒，但是價格高，眞正的香檳酒裡的氣泡是經過二次發酵後產生的，易萌沒那麼講究，在白葡萄酒裡打入氣泡混充香檳的氣泡酒，她也愛喝，微酸的口感，在氣泡的烘托下，分外清爽。每逢有要慶祝的事，菲克思總會為易萌準備好香檳，問題是易萌每喝必醉，氣泡在口腔中迸放的香甜，讓易萌完全失去了戒心。導演形容，只要讓易萌多喝幾杯香檳，易萌就變成了十五歲的孩子，活潑快樂。

其實十五歲的孩子多數是不快樂的。

但是，酒精讓易萌往回退，倒是真的，退回孩提時，不再壓抑。

幾番喝醉，宿醉的不適還是讓易萌和菲克思約定，以後喝香檳，一次只開一瓶，菲克思答應了，但是她總趁易萌不注意的時候，開了新的香檳，悄悄往易萌杯子裡加，易萌未覺，放心的喝，以為是剛才那杯，應該不至於喝醉，結果又喝多了。亞力面對喝醉後返家的易萌心裡不快，這不快一部分是對易萌，另一部分是對菲克思。亞力和菲克思是舊識，在亞力開始追易萌前，三個人就認識，更正確的說法，亞力是同一天認識易萌和菲克思的，那時亞力有女朋友，不久分手了，加上同樣也是剛失戀的小範，四個人常常一起喝酒唱K，終宵狂歡，天亮分手時，一夥人猛然從別人憔悴的臉上看見自己的狼狽，恨不得立刻消失。那時的菲克思是四個人中最自制的，為了眾人第二天能如常工作，她總會約束大家不至喝醉，所以亞力原本認為易萌和菲克思在一起是讓人放心的，但是龍舌蘭的菲克思變了，她不僅讓易萌喝醉，自己更醉。

菲克思常喝醉，醉了，有時委屈垂淚，有時尋釁挑事，但最讓易萌吃驚的是CK在龍舌蘭包場的那一次，菲克思失態了。傍晚，易萌接到菲克思電話，說今天CK包場，慰勞公司部屬，邀她來玩，準備了沾美西餐的外匯。易萌一直知道菲克思對CK有好感，她自己也常拿這話題作消遣，CK宴請屬下，大家喝酒唱歌都很盡興，CK還和菲克思合唱了一首歌：「在雨中，我送過你；在夜裡，我吻過你。在春天，我擁有你；在冬季，我離開你。有相聚，也有分離，人生本是一場戲。」看得出，CK已經微醺，讓易萌意外的是，認識菲克思這麼多年，她完全沒發現菲克思醉了，或者開始時有些假戲眞做的成分，一曲唱罷，菲克思坐在 CK 身邊，依偎著他，突然，菲克思轉過去吻了 CK。易萌爲免尷尬，也爲避免菲克思的失態擴大，便過去想拉起菲克思，將她帶回吧檯裡，沒想到菲克思用力推開易萌，易萌一個踉蹌險些跌倒，菲克思的眼神兇猛，猶如守護嘴邊獵物不被搶奪的雌豹。易萌十分意外，兩個人相識二十年，菲克思從未用這種眼光看過她，是她對 CK 的情愫超過易萌的估計，還是易萌忽略了，某種程度、某種場合、某種狀況……菲克思覺得易萌威脅到她了，易萌從未發現的隱晦心結，易萌也可能成爲菲克思的假想敵，這使易萌大爲吃驚。

那天之後，他們沒人再提起那天的事，和 CK 是不可能的，菲克思只不過更加確定，她當然不會和任何一個人承認，如果有人膽敢提起那天，她會一句：「喝多了。」推得乾乾淨淨。

菲克思對自己的失態，並非不後悔，只是好面子的性格不容她承認。導演認爲這一次的失態說不定可以作爲一次轉機，他對菲克思說：「只要你沒喝醉，你總是可以稱職的扮演一個派對女主人，大家就是因爲這樣的你聚在這裡，知道嗎？前提是不能喝醉。」導演說菲克思聽完點了點頭，應該多少聽進去了。

易萌雖然承認導演說的有道理，但那天菲克思的眼神，讓她覺得菲克思的心裡有一個大洞，那個洞不是輕易能填平的。易萌依然和菲克思一起喝酒，偶爾也還是喝醉。易萌猜測過菲克思的想法，是因爲不快樂，所以希望大家都喝醉？暫時求得解脫，雖然短暫，好過鬱悶始終。還是當別人陪她一起喝醉，可以讓她產生歸屬感，這麼多不同的社會定位，在酒精的作用下，暫時得到了簡化。因此當易萌喝醉，她才覺得易萌還是站在她這邊？這是菲克思和亞力的角力，易萌是嫁給了他沒錯，但不是嫁了，她就喊不回來。所以她每隔一段時間，就小試一下，向自己證明，易萌還是我的好姊妹，她會陪我，即使她有了自己的男人，我們還是最好的朋友。

午夜十二點，易萌倦了，要回家，導演說送她，和她一起走了。

吧檯一下空了，費哥也不玩骰鐘了，安靜的喝著酒。

費哥的老婆帶著孩子移民新加坡，說是爲了教育環境，其實更多是爲了費哥的母親。費哥的母親絕對不是個惡婆婆，她甚至在同齡的老太太中還是比較開明獨立的。但費哥特別在意媽媽，環繞在一群女人中，母親、妻子、女兒，他說最親的是他媽，別人看來兩個女兒顯然排第二，老婆於是只能屈居第三。有一回他老婆說，他們母子感情太好，嫁進這個家十二年，她始終像外人。

費哥不可能不和母親同住，費哥的太太隱忍了十二年，她不想再在別人家生活，於是帶著女兒去了新加坡。

兩個人都寂寞，但是費哥的老婆重新得到了多年未曾擁有的自在。

費哥的寂寞也許更龐大，雖然他和最親的母親一起，但是女兒不在身邊，仍是一個大空洞。

菲克思不明白，怎麼可能費哥的婚姻問題會出在費媽媽身上，兩個女人的問題應該是指婚外情，費哥沒外遇，何至於藉移民實現分居呢？菲克思認爲肯定有別的問題，搞到夫妻分居兩地，費哥太在意媽媽只是藉口。易萌倒是相信，即便有藉口的成分，要找藉口也已經是後來的事了，問題的前因仍是費哥對母親的情結，身爲一個妻子，如果對手是老公外面的女人，還有機會贏，如果是老公的媽媽，連爭都無法理直氣壯的爭，只有認輸。

菲克思不理解，或者不接受，是不是因爲她沒結婚？

就像導演一樣，是不是沒結婚的人，永遠不知道婚姻是怎麼一回事？他們一方面不相信婚姻，一方面又對婚姻有不切實際的期望。

因爲得不到，所以理想化了，還是因爲理想化了，所以走不進去。

沒人能眞正走進一個夢裡啊。

導演說，他看到的例子，婚姻不幸福的比幸福得多。但易萌以爲人難免對自己的生活有所抱怨，世上也許沒有完美的婚姻，但甘願相守已經勝過千言萬語，就算只是最基本的願望，不離不棄便是一種選擇啊。

易萌流連夜店，更多的原因是爲了陪伴菲克思，但是她絕不會在菲克思面前炫耀自己的幸福，她和亞力在彼此身上找到了自己需要的，不論在外面遇到什麼，想到對方在家裡守候，心裡就踏實了許多，這種感覺別人不會理解。易萌知道，在菲克思看來，一個愛老公的妻子，即使在老公沒胃口的時候，也會體貼的的先爲老公準備好早餐，而不是像易萌這樣，自顧自的，還聲稱對方有不吃的自由。其實這就證明了易萌不愛亞力，至少不夠愛。

但事實是每個人對幸福有不同的要求。無論菲克思如何評價易萌的婚姻，在易萌決定嫁給亞力時，菲克思都已經覺得易萌疏遠背棄了她。

易萌不希望讓菲克思心理失衡，雖然菲克思的感情崎嶇，不是她造成的，但不勾起別人傷心，也是一種道義吧。所以當她和菲克思在一起時，她總避免帶著亞力，她知道亞力在，會是她和菲克思間難以跨越的隔閡，她願意爲菲克思留下一方空間，專屬她們兩人，她們曾經經歷過的青澀歲月是誰也取代不了的。當他們倆一起時，就暫時假裝易萌也是單身吧，讓菲克思和她重溫過去的親密。

導演完全不明白易萌曲折的心事，他認爲易萌淡化自己的婚姻，不是不願菲克思看見自己的孤單，而是因爲仍想玩愛情遊戲，想在這些遊戲中證明自己的過人之處，或者是消解婚姻生活中的無聊乏味。

面對菲克思和導演長期的質疑，易萌不禁疑惑的想，人類的婚姻究竟始於何時？當初爲什麼會發展出這麼一套制度？如果有這麼多現代人抱怨婚姻制度不合乎人性，那麼當初人類的老祖宗，爲什麼要設計出這一套制度，或者是陷阱，套住後世的子子孫孫。根據歷史記載，婚姻制度遠在新石器時代的後期即有。伏羲時已經發展出男女嫁娶的禮儀，以「儷皮」爲聘禮，儷是成雙之意，表示男女相配，所以夫妻稱為伉儷。儷皮即是兩張鹿皮。依此說法，婚姻制度在中國，已經有將近四千年的歷史，《禮記．昏義》中的昏，原文作昬，由於古人迎親是在黃昏時進行，這時太陽將要下山，月亮就要出來，含有陽往陰來的意思，因而得名，後來才加上女字偏旁寫作婚禮。

有人說婚姻制度是男人發展出來的，過去原始母系社會是沒有婚姻制度的，男人因此無法擁有後代，畢竟孩子都在女人肚子裡，於是想出法子，制定婚姻制度。但讓人匪夷所思的是，當初制定婚姻制度的是男人，現在不想走入婚姻，或即便走入也無法忠於婚姻的往往也是男人。

其中的轉變，關鍵都在於子嗣。遠古時代，男人制定婚姻，因為需要子嗣；現代男人不甘心為了一棵樹失去一片森林，也是因為傳宗接代不再是非得堅守的原則，當不當爸，生不生孩子，成了一種選擇。double income,no kids. 頂客族是時髦的代名詞，易萌的婚姻就是無子婚姻，兩個人自由自在，沒有煩人的尿布奶瓶。婚姻於是有了不一樣的標準，爲了得到孩子走入婚姻的動力薄弱了，那麼爲什麼要結婚，易萌認爲，剩下的就是實際的——不想一個人過日子了。

有一句話說，能看多遠，才能走多遠。易萌覺得，婚姻可能正好相反，看得太遠，通常就走不進去了。過去的人結了婚，在新鮮感未退，熱情高漲之時，接二連三產下數子，從此無暇多想，爲了盡責也好，爲了傳宗接代也罷，努力養孩子使得男人女人難有餘力發展婚外情，只能安心扮演好父母的角色。現代人的新鮮感、熱情在結婚前已經消失，那還有動力往下走，蒙著眼還可能一不小心往下走了，看得遠的人，已經看見了柴米油鹽的繁瑣，婆婆、丈母娘的挑剔，更想轉身離去。

而這一切，導演覺得不關他的事，婚姻制度的存在壓縮了他的尋愛空間，如果更多男人不在乎子嗣，他相信他們很可能有成爲同性戀的潛質。而菲克思是那種遇到愛情，蒙著眼就往下走的人，如果能夠看得遠，完全是因爲不愛，移不動步子，就姑且往下張望一番，順道說出些不能走下去的理由。

出入龍舌蘭的客人，已婚者多於未婚者，冷戰是已婚者的瑣碎，但是在未婚者看來，即便不是重大情節，至少是隱憂。

剛過完年，連綿陰雨時節，大魚和老婆吵了一架，憤而離家出走，倒也沒走遠，就住在辦公室裡，反正他原本爲了隨時可能臨時安插的應酬，準備了數套西裝，一打新襯衫在辦公室，所以也還好。

一天晚上麥克約吃飯，原本菲克思和易萌不知道大魚和老婆冷戰，但是正巧費哥前一晚喝多了，在龍舌蘭全說出來了。

大魚是最後一個到餐廳，會長見了他說：「襯衫不錯，訂做的？」

「給我你的尺寸，過幾天我讓人送去給你。」

「你自己進的埃及棉嗎？訂製 140 支。」麥克問。

大魚不置可否，其實麥克的提問也是麥克的答案，麥克並沒有要大魚回答。

會長問起襯衫，也是不戳破的問，大魚是不是還在冷戰，沒回家。麥克的回答則爲的是岔開或終止這個話題，因爲大魚的心不在焉，等於已經回答了會長，是的，冷戰持續。

偏偏這時候，菲克思賣弄起來，當她知道一個秘密，而別人以爲她不知道，在她面前不說穿時，她一定忍不住要讓其他人知道，她是知道的。於是，她接在麥克後說：「不僅襯衫不錯，鬍子也刮得很乾淨啊。」

費哥面無表情，易萌以爲整桌的人都知道，也就不以爲意，夫妻嘔氣，本也不是什麼大不了的事。但那天大魚確實有些落落寡歡，飯沒吃完，就說有事先走了，以前飯吃罷，他總會和大家一起去龍舌蘭坐坐。

五個人離開餐廳，一輛計程車坐不下，易萌說要去對面馬賽訂明天的位子，會長便要他們先走，他陪易萌去。那天街友會麥克離座的行爲，會長顯然已接收到訊息。易萌和賽馬老闆講好明天中午爲她留下靠窗位置，並預做水煮德國豬腳後，就要走，會長卻找了位子坐下，已經過了用餐時間，餐廳沒什麼人。

「不耽誤你們休息，我們坐一下。」會長對餐廳老闆說，然後點了一瓶美國加州白酒，和一碟煙燻鮭魚。

「不去龍舌蘭嗎？」易萌覺得意外。

「剛才吃飯，只準備了紅酒，我現在請你喝白酒。」

紅酒和白酒比，易萌偏愛白酒，這一點會長知道，而且自從認識易萌後，一直體貼的記著。但會長應該不只是爲了易萌喜歡白酒吧。果然，喝了一杯之後，會長說：「你和菲克思怎麼知道大魚離家出走的事？」

「大魚自己說的，昨晚他和費哥一起去龍舌蘭，兩個人都喝多了。」

易萌撒了謊，但她不能說是費哥說的，這件事沒有必要再節外生枝。

「他自己說的？」會長有點懷疑，但這也並非不可能，易萌想，從剛才費哥的表情來看，他恐怕根本不記得自己說過，如果費哥說了，卻不記得，那麼大魚也可能沒說，但同樣不記得自己沒說啊。更何況易萌估計，會長不會去問。

「怎麼了？」易萌有點心虛的問。

「夫妻間的事，別人最好別多說什麼，其實沒什麼事，一說倒像有事了。你和菲克思說，別再說了。」

易萌點點頭，回味著會長的話，這就是過來人的體會，沒結過婚的人常不明白。她聽菲克思說過，會長、大魚、費哥三個人高中同學，大學又同學，會長還和大魚追同一個女孩，就是現在和大魚冷戰的太太，雖然大魚娶得美人歸，會長情場失利，但絲毫沒影響他們間的友情，三個人三十年的深厚友情，易萌很感動。這會聽會長說的這幾句話，她更覺得他眞心為朋友，不僅自己不說是非，也阻止可能的是非引起的誤會。

菲克思絕不是這樣，有時候她甚至有意挑起是非，借此引發曖昧的誤會。

為什麼菲克思沒從會長、麥克這些人身上，看到一些婚姻哲學呢？如果她能看到，說不定她會更瞭解林達恩對她的態度。

是已婚者和未婚者不同的心態使然，還是菲克思愛情路上的崎嶇，逐漸使她心態失去平衡。

別人的婚姻不說，單說易萌的，易萌就聽導演說過，菲克思說她婚姻不幸福；而菲克思則和易萌說，導演說她婚後並不快樂。一個人快樂不快樂，難道只取決於婚姻嗎？易萌不耐煩時眞想三面對質，但覺得那樣做未免幼稚，反正日子是她在過，別人以為她不快樂，並不會眞的對她產生影響。更何況，已經存在了四千年的婚姻制度，就算有人質疑，有人批評，還是持續沿用，不能說完全沒道理吧。既然道理有，質疑批評也並存，顯然其中還有許多說不清的地方，社會學家都說不清了，易萌這個當局者，就更難和菲克思、導演這兩個局外人說清楚。

至於在大家還不知道導演是男同性戀之前，曾經有人誤以爲導演和易萌之間有曖昧，每遇此情況，菲克思更是唯恐天下不亂的加以誘導暗示，終於誤會的人心裡有故事了，導演倫敦留學時，距離產生隔閡，原本的一對戀人情海生變，易萌他嫁，待導演回來，兩人已經不可能，卻又難捨舊情……對這些易萌不想理會，反正亞力知道導演是同性戀。老婆和一個男同性戀夜遊，其實是相對安全的，別的異性戀看到這個女人身邊已經有了一個男人，便不會靠近，而這個男人是不喜歡女人的，所以對亞力沒有威脅。亞力很實際的認爲，老婆和男異性戀或女同性戀在一起，肯定是不安全的，和女異性戀一道，也未必沒問題，還是可能引來其他男人企圖染指，和一個未公開的男同性戀流連夜店，反而不會招來麻煩，是最安全的選擇。

英國獨立電視臺（ITV）湯姆・布拉德比在威廉王子宣布訂婚的消息

後，對這對準夫妻進行了專訪：

布拉德比：「威廉你是在哪裡求婚的？什麼時候、怎麼求婚的？」

威廉：「三週前，當時我們在肯亞度假，我覺得時機成熟了。我把她帶到一個漂亮的地方，然後我求婚了。我事先有所計畫。但是大家都知道，這件事情最後的完成必須有外界的刺激。非洲很適合做求婚這件事，那裡真的很美。我之前的準備主要是為了體現我浪漫的一面。」

布拉德比：「凱特，你有沒有預感到他會求婚？他是不是變得有點緊張？」

凱特：「沒有，我一點都沒有預料到他會求婚。我非常意外，也非常激動。」

威廉：「三個多禮拜以來，我一直把求婚戒指放在我的帆布背包裡，隨身帶著。這是我們家祖傳的藍寶石鑲鑽戒，是我母親的訂婚戒指。」

龍舌蘭裡出現了一個神秘英國人，爲什麼說神秘？只是因爲大家摸不清他的底細，導演和他交談的次數與時間都最多，算是對他比較瞭解的，導演說這英國人非常有教養，使用的英語優雅不俚俗。英國人一連來了三天，離開臺灣後展開對菲克思的追求，每隔幾天就有一張漂亮的手繪卡片寄到龍舌蘭。菲克思猜，說不定他是貴族，如果她接受他的追求，就可以邀請大家到他的城堡開派對了。

雖然常常批評別人的婚姻，但菲克思其實是想結婚的，只是一直所遇非人。

浪漫的求婚，別出心裁的婚禮，是她嚮往的，在心裡勾繪了一遍又一遍，卻始終沒實現，她也從失望變得憤懣。

非洲？藍寶石戒指？易萌想，菲克思勾繪的一定不是這樣，應該是浪漫的海邊，馬爾地夫和凱恩斯都不錯，現在的追求者是英國人，愛丁堡應該也是可以納入考慮的。至於鑽石戒指，不需要太大，但是切割要好，四爪鑲嵌方形鑽。

當年易萌結婚，讓菲克思落單，這樣的情節後來又在龍舌蘭反覆上演，一個個二十郎當的男孩女孩，或者是客人，或者是Bartender，在邁過三十的關卡後，少則一兩年，多則三四年，紛紛踏上紅毯，婚後很快有了孩子，喜滋滋地抱著孩子來給大家看看，從此便鮮少有他們的消息。別的人結婚，菲克思還好，她最捨不得的是貓妹，不是說她不希望貓妹幸福，她和貓妹的媽一樣希望貓妹得到幸福，但是，她是眞的覺得孤單了。易萌結婚的時候，菲克思以爲自己早晚也會披上白紗，只不過易萌搶先了一步，但是等到比她小十歲的貓妹拿著喜餅來宣佈喜訊時，菲克思同時看到了自己的缺憾，這一輩子，她大概是不會嫁人了。

尤其是，不久之前，連離婚多年的唐銘也再婚了，唐銘雖然沒有明白追求過菲克思，但至少原本還是時常出現在她身邊的單身男人，如今也決定宣誓和別的女人相守一生。菲克思嘴上雖說替唐銘高興，心裡還是有些失落。唐銘的出現曾經不經意闖入菲克思、導演和易萌之間，表面三人平靜無波，暗底卻引發小小較勁，誰都不承認，心裡卻是清楚的，這較勁荒謬的透露出三種截然不同立場下各自的驕傲。如今五十歲的唐銘娶了一個比他整整小了二十歲的太太，這是否意味著在面對婚姻的選擇時，菲克思更加居於劣勢，男人只要有經濟基礎，總是可以找到合意，而且比自己年輕的伴侶，如果男人總想找年輕的，那麼四十歲的女人，又該何去何從呢？唐銘的喜訊刺激了菲克思，也刺激了導演，他偏執的認爲，又一個男人背棄自己的眞性情，與社會主流價值妥協，投向了異性戀婚姻的陣營。而易萌則好整以暇的在已婚盟友中又新增一對同道者。

貓妹在龍舌蘭混的日子很久，和菲克思的感情很好，貓妹爲情所擾的時候，兩個人一起喝醉過無數次。貓妹先後和龍舌蘭的 Bartender 小峰，還有常在龍舌蘭混的阿侃談過戀愛，和小峰的戀情長些，和阿侃的短些，和小峰的纏綿些，和阿侃的火辣些，但最後都以分手告終。貓妹還和阿侃在一起時，有一回兩人在店裡舌吻，貓妹坐在阿侃腿上，易萌看了有些詫異，詫異他們兩會走到一起，為什麼詫異？可能是因為貓妹太瞭解阿侃的情史。

不久，兩個人分手了。

如果只是阿侃，他和誰分手，大家都不會詫異。阿侃長得很帥，有劉德華的味道，當然是年輕的劉德華，他對女人挺好的，陪吃飯陪唱歌陪逛街，還陪著海邊散步看落日。但是他之所以有這些時間陪女朋友，就是因為他每份差事都幹不久。開始女人不在意，久了，都在意了。其實阿侃一切攤在陽光下，他從未在工作這些事上騙人，女朋友後來受不了他的不務正業離開他，他也表現的很坦然，從未見他為失戀痛苦。反正帥氣又溫柔的他，不出幾日，就會再度遇到新戀情，他不用刻意追誰，自然有漂亮女孩靠近他。

是的，阿侃的女朋友每個都漂亮，不同型的，但都漂亮，女明星似地漂亮。

「男人交女朋友，是不是很在意外貌？」有一回易萌問阿侃。

「坦白說，我不是在意女孩子的外貌，我在意的是我帶著女朋友和我的哥兒們一起出去玩，別人在背後批評我的女朋友不漂亮，我會覺得沒面子。」

「你在意的是別人的看法？」

「對。」

「如果有一個女孩，不漂亮，但是反正你不打算介紹給你的朋友，她也不想參加你們的聚會，那你就可以接受。」

「應該問題不大。」

「又或者，有一個女孩，你不覺得她漂亮，但你哥兒們都說她漂亮，你也可接受。」易萌又問。

阿侃點頭，毫不猶豫。

多年後，易萌在一齣探討現代人愛情的連續劇裡，看到這樣一段話時，不禁想起阿侃。孫紅雷飾演的男主角顧小白，搭訕審美百分百的陌生女孩成功後，兩人走在路上，他留意起路人投來的的眼光，旁白陳述著男人的心情：「在嫉妒的眼光中感到團結，在同情的眼光中感到分裂。」

易萌挺喜歡阿侃這一點，坦白，不做作，即便在意哥兒們怎麼說的心態流於膚淺，但他就勝在不掩飾。

阿侃的廚藝不錯，失業沒收入的日子，他常在龍舌蘭混，菲克思買來各色食材，阿侃拿進廚房，不一會便色香味俱全的拿出來。

一度，龍舌蘭的廚房成爲男人的競技場，阿侃、導演、費哥統統都露過一手，各有不同風味，但是都很能挑動味蕾，料理技巧也是男人在情感路上取得勝利的一種途徑。

在易萌看來，貓妹和小峰的戀情更具可行性，兩個人對生活都有長遠打算，也許遇到的時機不對，終於還是沒能往下走。菲克思說，分手後兩個人都傷心，也都有過複合的念頭，但這複合的念頭卻出現在不同的時間段，最終告吹。

易萌看過太多周遭戀情，最後能在一起的，不見得是愛得最深的那一個，而是在對的時機出現的那一個。

後來，貓妹在參加同學會時，遇到了現在的老公，他從小就喜歡貓妹，現在是科技新貴，重逢後，戀情火速發展，半年就訂婚了。一天貓妹聽說易萌會去，婚禮時她不在臺北，沒能參加，貓妹特意拿了婚紗照給易萌看，易萌稱讚貓妹有名模架勢，易萌說的是眞心話，也許因爲貓妹在電視臺工作，面對鏡頭舉手投足非常自然，加上她本來就是衣架子，婚紗照拍得效果很好，易萌說：「婚紗店肯定拿來做樣本。」

「哇，你看看貓妹的腳拍得好大。」菲克思誇張的嚷。

「哪有？」貓妹說，仔細看著電腦螢幕，一邊問易萌：「萌姐，會嗎？」

「不會，你的高跟鞋挑的也很好，菲克斯是嫉妒你。」易萌小聲說，但她這麼說，不僅是爲了安慰貓妹，也是眞心的。菲克思更寂寞了，好強的她怕別人發現她的失落，於是用批評來掩飾。

其實貓妹也明白，她在菲克思身邊這麼多年，怎麼會不知道她的個性。但是情感道路經歷了許多波折，如今終於甜蜜的結了婚，總希望這幸福能夠完滿，沒有缺憾，菲克思的話，多少有些刺心。

但，那些漂亮的婚紗照看在菲克思眼裡更是刺心。

菲克思已經放棄了結婚，和林達恩在一起十幾年了，她已經對他死心，林達恩是不會爲了她和老婆離婚的，結婚是無望的，她退而求其次，要求林達恩和她去拍幾組婚紗照，林達恩毫不猶豫的拒絕了，他說：「你這女人想做什麼？被人看見怎麼辦？」

菲克思很失望，男人大概很難理解女人對於婚紗的迷戀，是對婚紗，而不是對婚姻，婚姻是責任，是茶米油鹽的現實，但是婚紗是童話世界裡公主的延續，是童年時代夢想的呈現，小女孩不會幻想婚後的瑣碎生活，她們幻想的是穿上漂亮的白紗，那一刻她們就是公主。

易萌曾經建議菲克思自己去拍，要是她想要拍一組披上白紗的照片，沒有男人陪她去，她就自己去，這本來就是女人自己的夢，和男人無關的。「也可以哦。」菲克思說：「我們一起去。」易萌說好，但是漸漸的她發現，沒有男人陪伴，她是不會去的，就像那些因爲沒有合適舞伴，寧願不去畢業舞會的年輕女孩，畢業舞會的缺席將是她們回憶裡終生的遺憾，但是沒有男伴陪同的尷尬，甚至讓她們覺得羞辱，是她們邁不過的坎。

菲克思心裡很苦，但她不願意讓易萌知道，易萌知道了，只會讓她更難堪。易萌不會瞭解她的心情，也不會明白她的處境，易萌總覺得只要她肯爭取、她肯面對，就可以有比現在好的未來，當然前提還要離開林達恩。但是離開林達恩她會比較快樂嗎？雖然林達恩能夠給她的很有限，但至少是實實在在的一個男人。更何況她其實也不甘心就這樣離開，她和林達恩在一起十五年，開始時林達恩給過她希望，他說他並非不可能離婚，只是孩子太小，如今林達恩的老大出國留學，老二也大學畢業了，他非但絕口不提離婚的事，還把公司從菲克思住的忠孝東路搬到他家附近的康寧路，後來更把小舅子安插進公司，擺明了是不讓菲克思再管他公司裡的事。

菲克思明白，婚他是不會離的了，公司的事也不想讓菲克思再插手，他逐步把自己的生活和她劃清了界限。

菲克思心裡恨，八年前她曾經下定決心，林達恩不離婚就分手，林達恩威脅她，做了他的女人，除非他不要她，她別想離開他。

她不是怕他傷害自己，才留在了他身邊，而是他的咬牙切齒，在那一刻她還是體會到了他的捨不得，還有對她的難以割捨。

如果那時候她堅持離開他，也許現在已經有不一樣的生活，如今他卻想疏遠她，是因爲她已經年華老去了嗎？菲克思自暴自棄的想，如果一個和你在一起已經十幾年的男人，嫌你人老珠黃，那麼跟你素無淵源的男人，更是對你不屑一顧吧。

當菲克思發現林達恩帶著老婆搭乘郵輪，卻騙她是去上海考察後，林達恩買了一隻鑽戒安撫她。菲克思意識到這會是他們接下來難以逃脫的迴圈模式，果然後來菲克思又發現林達恩帶著老婆參加員工旅遊，他原和她說公司規定誰都不能攜家眷參加，事跡敗露，林達恩於是承諾為菲克思，另租一間比菲克思現在住的小套房多了間四坪小客廳的公寓，算是補償。菲克思還弄不明白自己有沒有看清這輪迴的意涵，林達恩的安撫已經先流於敷衍。

菲克思明白林達恩對她的眷戀正在消滅，他們還在一起，一部分是出於習慣，一部分是出於道義。

夏天，麥克舉辦畫展，菲克思和易萌都去參加開幕式。當然會長、大魚、費哥這些麥克多年的朋友也都去了，並且是帶著太太一起參加。出席夫妻同行的場合，一向讓菲克思覺得不自在，如果不是易萌不帶亞力，混充單身和她站在同一側，她絕對不願意勉強自己，明明那份不自在是自找的，還要假裝沒事人一般強顏歡笑，這個社會在成人世界裡，爲單身者留下的空間並非都是友善沒壓力的。

午後時光，邀請來的賓客穿梭在麥克巨幅油畫作品前，色彩強烈筆觸粗獷的畫幅，衝擊著美術館空曠的室內空間。有人品頭論足，談的是畫，也有人品頭論足，談的是人。菲克思對畫對人都有興趣，畫的部分她向易萌陳述了自己的喜好後，下了結論：「我也要開始畫畫。」易萌表示支持，年輕的時候，她看過菲克思爲了打發時間隨興作的小畫，挺有創意的，她不必成爲畫家，就算是消磨時間，如果還能作爲寄託就更好了，易萌希望菲克思的注意力別都在人身上。有人說，游泳是最好的運動，其中一個重要原因是游泳是一個人單獨可以進行的運動，使你有絕對的自主權，不受他人限制牽動。畫畫也可以是這樣，菲克思的生活裡沒什麼是和人沒關係的，這在不知不覺間使她陷入糾結，削減了自由度，甚至沒法完全掌控自己的情緒不受他人影響。

但是，沒辦法，菲克思對人的興趣高於一切。批評完畫，她就開始評論人，更準確的說，是評論別人的太太。麥克的太太是個容易親近的人，但是大魚的太太就顯得有距離，菲克思警告易萌別和那幾個男人說話，他們老婆會不高興的，回去就會有番逼問，甚至發展成冷戰。易萌不主動和人招呼，但是，不是因爲相信菲克思對這些老婆們下的斷語，她自己也是別人的老婆，菲克思總認爲已婚女人小心眼、沒自信，獨佔欲特強。她相信天底下已婚女人都不會喜歡她，易萌認爲這其實也是一種異樣的補償心理，用來補償自己情感上的缺憾：「我雖然沒得到我想要的婚姻，但是我的魅力仍然不容同性小歔。」還可以進一步強化爲：「我只是不要而已，如果我要，我就可以把你的男人搶過來。」

暮色才剛剛顯露，西斜的陽光從美術館地下室餐飲區的落地長窗中透射進來，畫展的主人麥克招呼賓客從陳列室往地下室移動，晚宴即將開始。

李晶經過易萌身邊，驚詫地說：「天哪，你竟然敢穿白色。」李晶是時報的記者，易萌和她一起跑過藝文多年，她就是那時認識麥克的，易萌不解，問：「白色怎麼了？」李晶說：「一杯紅酒灑了，就毀了。」易萌恍然大悟，覺得李晶說得對，只好自己留意些了，她突然意識到自己離開這個圈子太久了，陌生感油然升起。

易萌只覺得如果她不陪菲克思出席，菲克思獨自來會不自在。她忽略了，如果不是和菲克思一道，落了單的她，置身這個開幕式，很可能同樣不自在。

多年來，她們一直不知不覺互補著身上的缺口，就像是掰開的磁塊，拼在一起才完整，也只有她們倆能毫無縫隙的拼合在一起。只是，逐漸的，易萌的尖角磨圓了，菲克思的凹痕消損了，原本密合的磁塊再拼在一起時，便難以避免的出現了空隙。

因爲李晶提到衣著，易萌這時才留意到菲克思腰間的絲帶是用一枚別針扣住的，一枚鑲了各種顏色水晶的長尾鳥別針，易萌一看就知道是施華洛世奇設計的新品，她前天經過香港，還在機場的施華洛世奇專賣店看到過。

「誰送的？」易萌問，她直覺不是林達恩。

「那個英國人。」

「他來臺灣了？」

「只是經過，上個星期他去首爾，繞道臺灣待了兩天。」

「爲了你？」

菲克思不置可否。

「至少有點誠意。」

「英國太遠了。」

「你若願意去，就不覺得遠。」

菲克思轉換話題，以嘲謔的口吻說：「你看這些男人，老婆在，都變乖了。」

菲克思說的並沒有錯，他們的言行舉止略顯拘謹，調笑的尺度縮小了，活動的範圍受限了。但是易萌覺得多數人在自己的丈夫妻子或是男女朋友面前，都會和平常在辦公室在應酬場合在哥兒們好友前不大一樣吧，菲克思難道不知道，她自己在林達恩面前也有些不同。易萌印象最深的是，大學剛畢業時，菲克思第一次把自己正在交往的男朋友介紹給易萌，在菲克思的小屋裡，她從冷凍庫拿出凍過的葡萄，一顆一顆剝給男朋友吃。菲克思原是溫柔的，是崎嶇坎坷的人生讓她開始武裝自己，她仍是溫柔的，但是爲了保護自己不受傷，她學會了嘲弄批評，就像是海裡的貝殼，因爲內在柔軟，所以需要堅硬的外殼。

事實上，菲克思的潛意識，更希望避免出現在這樣的場合裡。麥克上一次畫展，她就找了藉口沒去，她在畫展開幕式開始前半個小時打電話給易萌，說：「我頭痛，不去畫展了，你呢？」

「那我也不去了。」易萌說，完全不意外，如果要去，這時就該出門了，但是易萌還沒換衣服，她覺得菲克思會臨陣脫逃，雖然她答應了麥克要去。

「那晚上你來龍舌蘭嗎？」菲克思問。

「好，待會兒見。」

一個小時後，易萌接到導演的電話，說，怎麼易萌和菲克思都缺席了，也不和他說，他要是知道，也不去了。那一晚在龍舌蘭，導演專心和易萌嘔著氣，爲了易萌四個小時前的背棄。易萌心裡更覺愧對的其實是麥克，因此翌日她獨自去看了畫展。從傍晚接到菲克思的電話一直到翌日中午離開畫廊，易萌不知道自己這樣配合菲克思，卻愧對導演和麥克，是不是對的？她覺得自己只能這樣做，因爲菲克思和她最近，也因爲她看見菲克思的寂寞，所以她沒法不在意菲克思的感覺。菲克思對於自己決定不出席的聚會，如果易萌去了，並且高高興興的，她其實會覺得失落，易萌和自己說，與其去了，卻還要顧慮菲克思的感受，不如與她同進退。

導演顯然不明白其中的微妙，他只願意不費心思的記得易萌為了菲克思拋棄他，這回麥克的畫展，菲克思和易萌來了，導演倒又缺席了。

「他眞是彆扭。」菲克思說：「我和他說，你也會來，他還是不肯來。」

「他不想來就算了。」易萌說，她想上次她們兩人也缺席，哪裡輪得到她們來數落導演。

菲克思倒像是忘了，她下了個結論：「反正他就是不隨和。」

若導演眞的個性隨和，與人相處左右逢源，菲克思只會更不滿，易萌很清楚這一點，導演彆扭，卻與菲克思有著十餘年扯不斷的聯繫，這才顯得與眾不同。如果一個處處與人為善，相信四海之內皆兄弟的人，他把你當做朋友，那有什麼特別的？

導演在一次錐心刺骨的失戀後，終於向菲克思透露了自己是同性戀。

易萌離開臺北後，尋尋覓覓多時的導演，終於找到了所愛，在銀行工作，據說長的有些像竹野內豐，在《悠長假期》裡演過山口智子的弟弟，導演在寫給易萌的 E-mail 中這樣說。導演在他身上找到了幸福感，原本下午兩點才醒來的導演，在愛情的驅使下，開始正常的作息，以便配合銀行先生的時間安排約會，多年沒吃過的午餐，如今讓導演嘗到了甜蜜。

導演無暇寫信給易萌，易萌以爲他的感情正穩定加溫，說不定已經同居了，那麼下回她回臺北時，導演一定會迫不及待的介紹他們認識。像竹野內豐？導演誇張了吧，有那麼帥嗎？大概是情人眼裡出西施。

三個月過去了，一天易萌接到導演的電話，他歇斯底里的說：「他竟然要和我分手，爲什麼？」易萌摸不著頭緒，依一般程序詢問開解安撫導演，簡言之，銀行先生除了導演，還另有一名情人，而且顯然順位在導演之前，也就是說，導演在不知情的情況下成爲介入別人感情的第三者。發現可疑後，導演不肯放鬆的逼問對方，銀行先生順勢承認了，導演接著要求銀行先生和前任情人做個了斷，銀行先生表示那是不可能的，同性戀沒有合法婚姻關係，如果有，那麼他們就是法律上認可的那一對「配偶」。

銀行先生選擇了和導演分手，導演不可置信，原本的幸福甜蜜難道是假的？為了挽回所愛，他放低了身段，第三者就第三者吧，他開始去銀行對面的咖啡店等銀行先生，他們曾經吃過許多次午餐的咖啡店，銀行先生卻連見都不願意見他。導演瀕臨崩潰，他已經紆尊降貴，放棄原則屈就了，對方還是不肯回頭。

「因為他已經發現你是個既麻煩又危險的情人，你沒看菲克思是怎麼做的嗎？安靜的等待，絕不找麻煩。」易萌說。

導演原以為自己佔優勢，發現對方偷吃，只要勒緊繩子就會乖乖回來。沒想到，形勢和預期完全相反，再想割地賠款，換來和談，對方根本沒興趣。才知道在這一段感情中，是他委屈也無法求全的。

易萌勸導演別再到銀行附近等他，導演認爲自己是等，對方說不定覺得被監視了。導演於是改變戰略，開始發送柔情短訊，訴說思念，表達關心，銀行先生一次都沒回。

後來，有人告訴導演，銀行先生是眞的有合法「配偶」，一個女人，一個貨眞價實的妻子，而且還有一個女兒。

導演又悲又憤，覺得自己徹頭徹尾被欺騙了，並且更加堅毅的否定異性戀婚姻制度，他懷疑自己就像一場遊戲中提供的點心，只是口味的調劑，他和他在一起的時候，究竟有沒有愛過他？

菲克思對於導演是同性戀不算太意外，畢竟這麼多年來，沒見他和哪個女性過從甚密，除了易萌這一類相交多年的「純友人」。菲克思陪著導演一起咒罵已婚男人的虛僞，並且爲婚姻提供的地位保障憤憤不平，導演說：「這種保障使人失去追求，安於現狀，明明可以得到更好的愛情，他們卻爲了婚姻，寧願放棄。」

在導演傾吐自己遭背棄的情感時，菲克思卻不知所以的忽然想起林達恩近來對自己性趣缺缺，他們在一起的前幾年做愛很頻繁，現在不但有應付之感，有時林達恩還得靠色情光碟才能勃起。

「我們不一定要做。」菲克思說。

「不行我沒滿足你，你就有藉口找別的男人了。」

林達恩的語氣讓菲克思噁心，接著浮起一絲悲哀。

「你有沒有想過林達恩是同性戀，他喜歡的根本是男人，所以他不會離婚的，婚姻對他只是個幌子。」導演說，他的心理在此刻已經完全失衡。

菲克思望著導演，心裡想你要不是腦袋進水了，要不就是瘋了。對於導演的猜測，她完全懶的答理，難道導演會不知道五十多歲的男人對於性，本來就是有心無力了嗎？不然為什麼需要威爾剛。

但是第二天菲克思醒來，在廚房裡下面時，忽然覺得就讓導演這樣想好了，她寧願林達恩是爲了一個男人疏遠她，也不願意他是爲了整天打麻將抽菸的潑辣老婆疏遠她。

浙江嘉興港區一名工人十八日上午在水下鑽孔鋼護筒內作業時，因海水漲潮，水壓增大，致使護筒突然發生變形，工人被困在二十四米深的護筒底部。鋼筒雖然嚴重變形，但並未破裂，海水沒有進入到筒體內，這給位於筒體底部的工人保留了生存的空間。從十八日上午開始，醫護人員和施救人員通過縫隙，向筒內放下了軟管，定時向護筒內的被困工人提供食物和飲用水。現場人員稱，被困人員的精神狀態和生命體徵都很穩定，已經送了菸和火腿腸下去，菸還是工人自己要的。由於地質條件複雜，救援工作進展緩慢，直至二十一日晚間被困的工人終於被順利解救。

易萌想像在海中鋼管裡抽菸的工人，那菸給了他鼓勵還是宣洩？菸在漆黑扭曲的管道被點燃，菸霧彌漫著沒有出口消散，密密包圍著他，從十八日上午到二十一日晚上，超過七十個小時，那菸至少給了他陪伴吧。

易萌曾經在龍舌蘭和菲克思一起看美國影集 CSI 犯罪現場，一名罪犯為了向執法者挑戰，將一名偵察員迷昏後，放入密封的棺材裡，埋入地下，棺材裡裝有攝影機，偵察單位可以清楚看見自己陷於困境恐懼的同事，卻無法傳遞任何訊息，他們必須在棺材內的氧氣被耗盡之前，找到棺材的位置，才能救出他，被埋入地下的偵察員恐懼而絕望的等死，他不知道有人正在設法找他。易萌還記得當時菲克思說：「真可怕。」時的神情，她皺著眉，鼻子也跟著皺了起來，說完了誇張的打了一個寒顫。

菲克思看見工人被困在海下管道的報導時，也會這樣說吧，好可怕。

菲克思以前是抽菸的，抽的不多，無聊時點著玩。後來她聽林達恩抱怨老婆是菸槍後，就不抽了，但這並沒能把林達恩留在身邊。

林達恩也抱怨菲克思喝酒的，菲克思卻未因此不喝，也許不喝，就更過不下去。喝酒的人總是這樣想，酒精讓生活容易些，讓事情容易些，都只是錯覺吧，生活的艱難還在，只是你喝了酒可以暫時不去看它。如果不喝，說不定眞的會有不一樣的想法，也就可能有不一樣的人生啊。

歷經多次裁員的報社，仍然未能擺脫宣告倒閉的命運，易萌不得不另謀出路，隨亞力去了天津，菲克思覺得她離自己越來越遠了，她和導演彼此塡補著因爲易萌不在而出現的空洞。導演常來龍舌蘭，自己唱歌，也和菲克思聊天，導演說，有時候他連著幾天自己一個人在家，連說句話的機會都沒有，爲了不喪失語言能力，他告訴自己，必須去個有人的地方，於是他就來了龍舌蘭。

四點鐘，龍舌蘭打烊，導演和菲克思還不回家，帶著酒意，和一夜不睡倦乏的心、空虛的胃，兩個人一起去喝豆漿，有時候去吃鐵板麵，或是芝麻醬涼麵。心是沒法塡滿的，但是胃可以，不記得是誰說的，一個人的心可以容下整片江山，卻容不下一個拳頭大的空洞。

有一回費哥一早要送女兒去機場搭機，回來度暑假的女兒假期結束了，結果在豆漿店遇到菲克思，她一口一口將小籠包塞進嘴裡，費哥說，感覺上不是在吃東西，只是將食物塡進胃裡，日光燈下，她的頭髮已經亂了，徹夜未眠加上酒精的作用，眼神完全渙散。

菲克思的寂寞已經膨脹到盡頭，她必得尋找出口。

「你看見菲克思的寂寞，卻看不見我的。」導演曾經這樣和易萌說。

「我不只是看見，我還知道她爲了愛付出了多少。」易萌辯解。

「你只知道菲克思寂寞，卻不瞭解她的寂寞，我瞭解，因爲我和她一樣寂寞，這是你不會懂得的，那種能殺死人的寂寞。」導演說。

易萌無言以對，她想起有一回，電視新聞報導一個四十歲正值壯年的人，在家中心臟病發身亡，因爲單身獨居，又逢假日，一連數天無人發現，直到屋內發出異味，鄰居才報了案。當時導演就說：「四十歲，和我們一樣，年紀不算大啊，爲什麼心臟病發？其實就是寂寞，他是被寂寞殺死的。」

是的，一個獨自在家中死去多日無人發現的人，應該是寂寞的吧。

「導演，在編臺詞啊，不要不服老，現在心腦血管疾病有年輕化的趨勢，因爲現代人身體的營養過剩，心理的壓力過大，簡單說，就是承受的太多了。」杉在一旁搭腔。

易萌後來回想起導演說的話，腦海中浮現的就是CSI犯罪現場影集中被封在棺材裡的偵察員，嘉興港區身陷變形管道的工人，面臨即將窒息的壓力，寂寞如同隨時可能湧入的海水，就要將他們淹沒。導演說的，易萌只能看見，卻不眞的瞭解的寂寞。

兩個寂寞的人，爲什麼不能彼此陪伴呢？易萌雖然知道客觀上不可能，主觀上仍然希望菲克思和導演可以彼此作伴，朋友般的作伴。在她看來，同性戀、異性戀不是關鍵，但是他們從來沒有放棄對於愛情的追求。易萌以爲，生活是尋找一個自己願意接受的伴，然後以自己願意接受的方式過下去；菲克思和導演卻以爲，如果這世上還有愛情，那麼他們就應該擁有自己想要的愛情。

所以他們寂寞吧。

在導演告訴菲克思自己是同性戀的同時，他也開始浪遊在同性戀酒吧，看看能不能遇到可以開始的戀情，雖然多數的時間是讓人失望的，但是導演突然有了一種急迫感，覺得再不談一場戀愛，眞要孤獨終老了。一開始，他把自己交到的新朋友帶到龍舌蘭，菲克思並不說破，她和導演心照不宣。導演認爲只在同性戀酒吧裡進行的情事，帶有太多的虛假，在開始白天看電影吃館子逛街之前，一起去龍舌蘭是一個過渡，從同性戀酒吧過渡到平常世界的通道。一個壓縮在水底，但是你知道另一頭有光有空氣的通道，你只需要一點支援一點陪伴，就可以堅持下去，可以堂堂邁入那個豐富多彩的世界。而不是總在午夜之後，依靠著酒精和迷離閃爍的燈光，翩然起舞。

但不知道爲什麼，每一個導演帶到龍舌蘭的朋友，他們的戀情都是才開始，就宣告結束，怎麼結束的？爲什麼結束？導演統統不清楚，一次次情殤，導演先是向菲克思訴說憂傷，隨即又怨懟菲克思，認爲她總是唱衰他。導演說：「她自己不幸福，也不相信別人能得到幸福。」導演和菲克思的情誼畸形卻蓬勃的發展著，他們相濡以沫，又彼此憤懣。不鬧意氣的時候，菲克思還不止一次提前打烊，陪導演去同志酒吧，在年輕男孩的簇擁下，她頗能怡然自得。幾次之後，反而是導演不願意再一同前去，喝醉了的菲克思，說話失了分寸，逐漸讓導演有了芥蒂。那裡不是龍舌蘭，菲克思可以在龍舌蘭掌控一切，但是，在同志酒吧，導演有不一樣的標準。

易萌回臺北時，導演說：「你知道嗎？後來菲克思不只是和我一起去，她還會自己去那，然後打電話給我，叫我過去，說在那裡等我。」

易萌聽了半信半疑。

「我實在受不了她這樣，被她搞得，現在我索性不再去了。」

易萌荒謬的覺得，這似乎是另類的抓姦，發現了對方的黜窟，阻止是沒用的，最好的破壞方式是一道去，終於搞到對方胃口盡失。但是菲克思為什麼要這樣做？後來易萌想，是因為林達恩把公司搬去了康寧路，菲克思承受巨大的失落，她的寂寞已經讓她不知所措，她卻始終瞞著易萌和導演。

菲克思下決定前八個小時，她打了電話給導演，那天菲克思去參加了一個朋友的婚禮，林達恩公司的同事，她喝了酒，看起來很高興，晚上十點，她打電話給導演：「你在哪？在做什麼？」

「在家看電視。」

「這麼無聊，快過來。」

導演本來不想去的，但是想到這個週末他又是一個人在家，還是出去走走吧，菲克思近來雖也會喝多，但是行為收斂了些，不久前，還和導演說：「我看易萌以後在臺北的時間會越來越少，我們別再吵架了，好好相處。」

導演有點感動，畢竟是老朋友。

菲克思的手機傳進一條英文短訊：「我終於明白，我和你之間跨越不了的距離，是黑夜與白晝的距離，地球怎麼轉也追趕不上自己，背著太陽和向著太陽的永遠無法相遇。」是幾個月前出現在店裡的英國人，他說他愛上了菲克思的微笑，對英國男人密集的追求，菲克思並非完全不心動，只是她放不下這身段，畢竟不年輕了，難道隨便就開始一段戀情。但也就是因為不年輕了，再躲躲閃閃，說不定就錯過了。

只是這麼多人看著，菲克思又是獅子座好面子的性格，為了掩飾自己的害羞，只好拿男人的示愛來取笑，多文藝腔的句子，又不是十七八歲的小夥子，虧他說得出口。說這話的同時，菲克思心裡忍不住想，怎麼林達恩沒和她說過這樣的話。

在林達恩一步一步疏遠的同時，菲克思逐漸向地球的另一端靠近，只是直到今天晚上之前，她都沒發現。

傍晚，菲克思輾轉反側，終於決定盛裝出席婚禮，她原本猶豫了很久要不要去，畢竟林達恩很可能偕同老婆一起現身，過去，只要是林達恩妻子會出現的場合，菲克思向來是避開的。沒想到這一回當她武裝好自己，以不甘示弱的姿態步入酒店時，林達恩的秘書告訴她，林總不能來吃喜酒了，爲了怕菲克思和他的老婆相遇，他選擇禮到人不到，原來人與人之間的距離眞的不在空間的公里數啊。

趁著微醺，菲克思回覆：「但我總在你的白晝的清醒，你的黑夜沉睡，我們的夢境在同一個時區。」

菲克思說的其實沒錯，貓妹就常笑她住在東半球，卻依著西半球的時間過日子，天天晝夜顚倒。

男人得到了鼓勵，又發了一條簡訊：「我在你的世界，沒有位置，但你若願意來我這看看，我有專屬的空間爲你保留。」

菲克思猶豫了一下，突然有種豁出去的心情：「讓我想想。」

男人喜出望外，立即爲菲克思訂了機票，臺灣護照去英國旅遊不需簽證，只要她願意，幾個小時後就可以出發。

菲克思也興奮了起來，她從來沒有出走過，她總是在等待，現在她再也沒有力氣等下去，等待有多折磨人，她最清楚。

這家店，她不管了，裝潢陳設都舊了，並不值錢，貨款可以轉帳，有人願意繼續就繼續。至於她住的小套房，房東自會找林達恩。在她的生活裡，龍舌蘭幾乎就像她的家一樣，她放不下的不是這家店，而是店裡來來往往的人，共度了這麼多年，CK的儒雅、會長的從容、麥克爽快眞誠不失細膩體貼，唐銘憋扭不肯流俗自有原則堅持，費哥明朗溫暖的多情何嘗不是一種戀舊……貓妹、阿侃、小峰、杉、大威，當然還有易萌和導演，在決定離開的這一刻，所有熟悉的人都讓她難以割捨。但她知道，突如其來的消失，是她離開唯一的方法，任何一點力量的介入，都會使她猶豫，最終卻步。一直以來她就是想得太多，以至於遇事裹足不前，在她和林達恩的關係中淪入被動的境地。

她沒有給對方肯定的答覆，只說：「我考慮一下。」

手機短訊立刻回傳了：「我等你，你一出機場就會立刻看到我，我已經等不及了。」

爲什麼林達恩沒有這樣對待她？她突然覺得委屈，覺得自己很久沒有被好好對待了，大家都將她的恆常存在視爲理所當然。

導演坐上計程車，不一會就到了龍舌蘭，菲克思要導演陪她喝紅酒，導演唱了幾首歌：「屋簷如懸崖，風鈴如滄海，我等燕歸來。時間被安排，演一場意外，你悄然走開。」四點，導演和 Bartender 大威一起送菲克思回家，菲克思走出龍舌蘭，回身按下遙控器，她專心望著鐵卷門慢慢放下，導演問：「想什麼呢？」她說：「想易萌還有多久回來？」他們不知道，這是菲克思最後一次出現在龍舌蘭，別人以爲他們三人在較勁，好朋友間的較勁，誰在愛情前面更有辦法？他們從不比工作，因爲都不眞的在意吧，只不過是生活的一種形式，愛情才是他們的追求。菲克思想，就連易萌和導演也這樣以爲吧，沒錯她是在較勁，但不是和易萌，也不是和導演，她在乎的不是他們三個人誰贏了誰？而是她在他們兩人心中，是不是和他們在她心中一樣重要，她較勁的其實是易萌和導演在乎的人啊，她太在意他們了，她也太在意林達恩。對於易萌和導演的在意，她還可以開解自己，對於林達恩，連她都沒法對自己交代。這種永遠滿足不了的在意，使她無比寂寞，現在這一切都要消失了，她終於決定離開，勇敢的走出延吉街。

前幾天，菲克思還站在龍舌蘭吧檯前，計畫著如何以最小的花費進行改裝。經過十年的損耗，店裡的一切都陳舊不堪了，尤其是白天，亮晃晃的陽光從落地窗照進店內時，汙損的地磚和吧檯，陳舊的高腳椅和絨布沙發，十年來，她陸續更新不同的部分，還是不敵歲月的損耗。好在開店時光線迷濛，加上酒精的暈染，大家沒有清楚看到其中的狼狽。

和人一樣吧，菲克思已經不再年輕，殘妝的面容，讓人有力不從心之歎。明天過後，龍舌蘭就將如聊齋中的傳說故事一般，在延吉街上流傳著各種不同版本的猜測。

易萌想像海中的管子，因爲海水巨大的壓力產生了變形，要讓受困的人通過的同時，不能損害已經變形的管道，不然要是管道滲水，就無法援救了。

菲克思離開這個城市時，她是眷戀不舍不願意放手？還是終於釋懷鬆了一口氣。她曾經回頭望過嗎？回頭望時，她最後想的是什麼？是她十幾年未曾回過的家？還是林達恩？

大威開車過來，菲克思和導演坐了進去，導演說來點音樂吧，大威打開收音機：「風吹著我像流雲一般，孤單的我也只好去流浪……」大威調侃地說：「哇，你們那個年代的歌。」

「是啊，這首歌是我們小學的時候唱的。」

「我剛學吉他的時候，就是彈這首歌。」

「你還學過吉他？」導演不可置信。

「中學的時候，那時候誰不彈吉他啊，不管唱的多難聽，大家都想組個樂團，我就是那時候認識易萌的。」

這首歌在這時候出現，是一種預示嗎？預示菲克思該離開了，長久以來一直是她守在這裡等易萌、等導演，導演每年兩度去芝加哥，易萌每年兩度從天津回臺北。現在換成她走了，遠走英國，不再留在這裡等他們來，等待的磨人她太清楚了，尤其是等待近在咫尺的林達恩，這麼近的距離，卻等不來他，更讓人難受的是，還清楚知道他回到了妻子身邊。

中學和易萌一起組的樂團，當然沒有任何發展的可能，但是樂團裡每一個人都順利考上大學，只有菲克思落榜。她鍥而不捨，她一向不是輕言放棄的人，終於在第三年考上了大學，最後卻因爲一門必修課三修不過，到第六年時被學校退學。爲了一張大學文憑，前後花了她九年時間，依然沒能得到，怎麼她就沒學會教訓呢？在錯誤的路上用力奔跑，跑得越遠，錯的越多。

有時候，需要的只是換一條路走。

原來，她一直較勁的不是別人，是自己。

菲克思失蹤兩天后，易萌接到導演的電話，他的聲音因爲焦急而顯得比平常低沉沙啞，易萌起初以爲他又被人拋棄了，但是他說：「易萌，菲克思有和你聯絡過嗎？電話或是E-mail，她不見了，大家都找不到她。」

易萌心裡胡亂的閃過各種古怪的念頭，但其中沒有菲克思遠走英國的。

「菲克思不見了，沒去龍舌蘭，不僅大威找不到她，聽說連林達恩也不知道她去哪了？你不覺得不可思議嗎？」導演說，原本特別清晰的咬字，這時有些微微發顫，很輕微的，不是聽慣了的人沒法分辨。

易萌拿著話筒，完全沒法相信導演的話。

「她會不會出了什麼意外？」易萌說時，不覺緊張，因爲沒有眞實感吧。

「大威本來想報警，可是又覺得好像應該由菲克思家人決定，已經和她妹妹聯繫了。」

掛了電話後，易萌回想著電子郵件中所透露的蛛絲馬跡，卻想不起任何一點不尋常的異樣。但她相信，過不了多久，她就會收到菲克思的消息，只要她在世上。

經過十幾個小時的飛行，菲克思出現在希斯羅國際機場，這裡位於倫敦西部，距市區二十四公里，它是世界上最繁忙的國際機場之一，平均每天起降班機一千兩百五十架次，年客流量達六千四百萬人次。菲克思意識到自己的出走原來如此尋常，她藉以離開臺北乘坐的飛機，不過是一千兩百五十分之一，她今天的現身，也不過是這一天中來往希斯羅機場的一萬七千五百三十四個人中的一個，爲什麼過去她一直沒發現？菲克思在機場化粧室洗了臉，重新上了妝，這是她與倫敦相遇的第一天，即使平常，她也要神采奕奕的登場。

時間繼續流淌。

沒有菲克思的消息，大威不得不結束了龍舌蘭，曾經流連龍舌蘭的酒客們流入這座城市的其他街巷，繼續在夜色中廝混。會長、麥克、費哥、杉、貓妹、大威……他們逐漸失去彼此的音訊。而延吉街關於菲克思的流言，很快就消散不留痕跡，有人說她倒債跑路，有人說她遭遇意外驟逝，有人說她嫁人去了國外，也有人說，菲克思不願意再與每年漲房租的房東妥協，正在物色新店，一旦開業便將與大家聯繫，所有人的電話都存在菲克思手機裡，大家稍安勿躁，不定哪天手機裡就將出現龍舌蘭重現江湖的召集令。

不論那一種流言，都只存在了幾個月，當龍舌蘭的招牌拆下，再也沒有人踏下計程車，詢問旁邊的店家：「這裡原來那家 Pub 呢？搬到哪裡去了？」

儘管沒人覺得菲克思會結束營業，但是龍舌蘭的記憶還是徹底在延吉街被風吹散。

大家都不知道，龍舌蘭對面的院子裡，正有一棵龍舌蘭，茂盛生長，狹長厚實的葉片恣意橫生，葉片環繞中心悄悄抽出花穗。

以前菲克思說易萌就像外國電影中有些老公，明明只是出去倒個垃圾，結果卻離家出走不回來，她覺得易萌有這樣的特質，因為容易不耐煩，所以老想玩失蹤。其實易萌不像菲克思說的這麼嚴重，只不過偶爾喜歡在別處逗留。她們一起在新生南路開小酒館時，有一回易萌去超市買柳橙汁，順道去了附近的南方安逸，不過想打個招呼，她和老闆很熟，但有一段時間沒見。老闆看她來了，說請她喝杯酒，酒才剛剛倒來，易萌還來不及喝一口，菲克思的電話已經打到了店裡，易萌大驚，她離開前後還不到半小時，菲克思怎麼就會想到打電話去別人的地盤找她？她更可能只是在超市多逛了一會，菲克思說：「因爲我知道比起自己的店，你覺得別人的店更有趣。」易萌幾乎是一口乾下那杯酒，便回去了。

那家酒吧的老闆也有些驚訝，說：「不知道將來誰會娶她，眞是太厲害了。」

易萌假想，這回出走的是菲克思，走得遠一些，久一些，才會暫時不見菲克思。

而易萌只好暫時拋下原本的生活，拋下原本的習慣，拋下和菲克思糾結的記憶。

唐銘、麥克、會長、費哥……還有許許多多眷戀龍舌蘭幽微時光的人，他們不是不知道菲克思需要愛情，但是對於走到了人生中點，擁有婚姻，有時還擁有不止一個情人的男人，流連在菲克思身邊，能夠肆無忌憚說話抬槓，比因錯覺而恣意生長的愛情更難得。他們依然想念菲克思，他們以爲菲克思不知道這樣的心情，其實後來她知道了。

不知道的是，也許到哪一天菲克思會突然想起來，這曾經讓她留戀不捨的一切，於是她走回原處，嗔怪易萌沒來找她，她會破解易萌的迷藏，易萌便會再度接到菲克思的電話，聽到她熟悉的嗓音：「今天來找我嗎？」

蒼藍色的龍舌蘭抽出米白的花穗，在龍舌蘭招牌卸下後一年，悄悄開起了花。

這只是一個迷藏，易萌躲起來，菲克思躲起來，導演躲起來，在北緯三十九度的天津，五十二度的倫敦，四十一度的芝加哥，冬季晴朗時側斜的陽光異常刺眼，他們在不同的時區，同時想念起北緯二十五度的臺北，溫暖的冬季裡，中午依然懸掛幾乎成直射的陽光。時間之神蒙著眼睛伸手四處探攫，什麼會引起祂的注意？引來祂尾隨其後，是奇異的氣味？是瑣碎的聲響？是飄動的思緒？還是其實每個人早已被編好行程，只是自己不知道，兀自在這一場迷藏中流連忘返愛戀怨恨倉皇失措。

然而這一切原本應該發生的事，都沒來得及發生。

時間回到大威和導演送菲克思回家的那一夜，導演在車上提議來點音樂，大威伸手打開收音機，車速從時速三十公里減到二十公里，於是他錯過了一個綠燈，在忠孝東路多等了九十秒。菲克思到家時，她深深凝視著大威和導演，並沒有揮手，只是將他們收藏在心裡，又用了十秒，她以爲這是自己離開臺北前最後見到的兩個朋友，陪伴她度過最多深夜的兩個朋友。沒有人知道接下來即將發生的事，大威踩下油門，車子駛離大安路。菲克思血管中湧動的血液正悄悄堆積，無聲無息的凝結成一顆小血塊，非常的小，遠比林達恩送給她的白金戒子上鑲的鑽石要小上好幾倍。戴上那一枚戒子時，她曾經以爲是自己離渴望已久的承諾最接近的一刻，但很快就發現不過是自己哄自己，這樣微小的一顆血栓，在她的血管流竄，她卻無所覺。菲克思走進大樓，按下電梯，電梯就在一樓，她沒有等，電梯很快將她送上九樓，血栓很快流至她的胸膛，她微微覺得胸悶，但完全不以爲意，血栓繼續奔流，她掏出鑰匙打開門，說不出來的不舒服席捲而來，進門後，她闔上門，整個人虛脫的靠在門上，就在鐵門發出清脆的門鎖扣住的喀啦聲的同時，她跌坐在了地上。

再也沒有爬起來。

在瑪雅修和奎茲寇的血淚中勃發的龍舌蘭，曾經因爲星星的追殺而萌芽，那些屬於黯夜的故事，美麗也好，哀傷也罷，終於只能在黑夜盡頭往下訴說，成爲第一道朝霞出現前的記憶。

從今往後

從今往後

Fax 最喜歡的食物，沾滿芥末的生魚片，鮮嫩多汁的厚牛排。

Fax 最喜歡的服裝，質料柔軟垂墜度佳的黑色闊領卹衫。

Fax 最喜歡的酒，Johnny Walker 黑牌威士忌。

Fax 最喜歡的男人，大方體面有特色，任達華曾經是不錯的標準，具體人士依據時間段對愛的感受定義不同，有不同的答案。

Fax 最好的朋友，我。

所以，我似乎有必要說些什麼，爲了 Fax，也爲了我自己。

以前，時間對我而言，是一段一段的存在，週一上班，週末休息，這時候時間段是五天；情人節到了，不久是我的生日，這時候時間段是一個月；報名修一門課程，時間段是四個月；新工作簽約，時間段是兩年；參加派對，時間段是四小時，派對後宿醉，時間段是八小時……Fax 走後，我突然意識到時間不再是一段一段的存在，而是一整片，一整片，從現在，到死亡。

有時候，我忍不住臆測，為什麼當初 JZ 要把我們兩個人拉在一起，我們會將未婚男女拉攏捉對，希望他們有可能發展成圓滿姻緣，即使不圓滿，但也可能倍數繁衍，由二擴充為四，翻漲一倍，成為一般人心中的完整家庭。這世上完滿之現象太少，人有悲歡離合，月有陰晴圓缺，蘇東坡早就說了，此事古難全。完滿做不到，至少還可以做到完整，沒有永浴愛河不要緊，如果能貌合神離讓大家看到白首偕老，也算功成身退，就算半路分道揚鑣，也好過從頭到尾孑然一身，至少創造出了宇宙繼起之生命啊。

但是很少有人刻意拉攏兩個並非同性戀的同性。

後來，當 Fax 多次當眾宣稱，我是她最好的朋友時，我突然明白了，因為 JZ 早已發現我們兩個人都需要朋友。也許你會說，這世界上絕大多數的人都需要朋友，其實不然，只要想一下，你就會發現，很多人需要的是合作夥伴，或者競爭對象，甚至於敵人，而不是朋友，所以他們彼此猜疑、嫉妒、競爭、較勁，見不得對方好，也見不得對方差，因爲對方走下坡了，就不值得來往，無法符合利益，他們眞心想要的並不是朋友，那種可以在寂寞時彼此陪伴，消磨時光，訴說心事的朋友。

而我是 Fax 的朋友。

Fax 走後，我意識到，在這個世界上，除了生下我的父母，再沒有一個人，讓我理直氣壯心安理得的相信，我對她永遠都是重要的，再也沒有。

我開始回溯過往。

大片大片的過往。

常常不自覺的陷入回憶，直到眼眶蓄滿的淚水滑落，我猛然意識到自己失態了，這樣的情況最常出現在一個人搭公車時，那還不算尷尬，但也曾出現在讓人無法專心的會議裡，還好別人也沉浸在自己的冥想中，沒人留意到我不合時宜的哀傷。

回憶如影隨形。

秋天，空氣中瀰漫著甜美的桂花香，我到超市買菜，晚上要做豆乾炒肉絲，家裡有肉絲和蔥，要買豆乾和辣椒，還要做番茄炒蛋，所以要買番茄……就在這樣尋常瑣碎的當口，我突然想起中學時家事課做過的一雙拖鞋，學校團購的材料，每人都拿到兩枚軟質塑膠拖鞋面和兩隻拖鞋底，上面佈滿小方格，像是十字繡的布面，然後用絨線交叉穿梭，在鞋面和鞋底織出一層絨毛，每個人的絨線是不一樣的顏色，我選的是粉紅色，老師要我們先在淺藍色的方格紙上一格一格填出自己想要的圖案，然後繡在鞋面上，我繡了一隻灰色的大象。

走在超市的貨架間，我飛快的想要甩掉回憶的糾纏，另一方面，我又深切渴望重回製作手工拖鞋時的自己，或者不久後編織提袋的自己，那也是學校家事課團購的材料，數片邊緣已打好小洞的皮料，用鉤針和咖啡色的尼龍線編織在一處，就成了一隻可以放飯盒或水彩的提袋，一時間，學校裡的女孩們人手一隻。

我渴望回到那時候，初中，即使我從不覺得自己在中學時是快樂的，但那時，我還不認識Fax，屬於我們的故事，一切都還沒開始，還沒開始是否意味著有改寫的可能？

下課時，學生問了我一些問題，臨走前，她抱怨著：「老師，你說我還年輕，但這年輕其實是一無所有啊。」

我微笑回答，希望她看不出我微笑裡的心酸：「你知道有多少功成名就的老人，願意用他擁有的所有財富，來交換你口中一無所有的年輕，有一天你會懂得。」

有一天你會懂得，當你意識到生命中的失去，它不斷向你索求，拿走你的青春，拿走你的朋友，拿走你的家人，還有健康，你是否也會渴望回到過往，也許一無所有，但是年輕，年輕就意味著還有未來。

在Fax走後，我就像個老人，頻頻回顧，妄想在某個時間點上改變這一切，這個念頭一旦出現，突然覺得自己其實有太多機會可以扭轉，卻不自覺，任由機會稍縱即逝，悔恨不迭。好比，二十五歲那年，我們同時扮演著介入別人情感的第三者，儘管我們的愛人有許多不同，但我們的心情卻有許多相似，尤其是週末家庭日時的寂寞，我們先是一起逛街吃飯打發時間，然後去租錄影帶，有一回選好了片子，在忠孝東路的頂好超市，我拿下貨架上的一瓶蘋果氣泡酒，酒精度四，回頭問Fax：「喝這個？」「好啊，沒喝過，喝喝看。」Fax說，微微的氣泡，淡淡的果香和酸甜滋味，還有透明的淺綠色，都讓我們覺得比汽水好喝，但，時間若能回到那一刻，我是不是不該拿下那瓶酒，是不是我不拿下，後來 Fax 就不會因爲飲酒引發猝死了呢？

又好比，二十六歲那年，我匆匆結婚，隨即發現是場錯誤，其實錯了，結束就是，當時卻不知如何應對，眞是涉世未深，只想逃避，索性辭職去了美國。Fax 打電話給我，說和老闆發生不愉快，三個同事商議後決定另起爐灶，自立門戶，我買了一張卡片，祝賀 Fax 的新開始，突然發現不會背她住處的地址，只帶了一張她的名片，算算時間月底前可以寄到，她還沒離職，就寄到她的舊公司。如果我故意寄一張明信片，沒信封的，讓 Fax 老闆看到，破壞她們自立門戶的計畫，是不是就不會發生日後合夥人捲款潛逃的災難，也許 Fax 整個人生都會不同。

但也就因爲在回憶中有太多可以扭轉的時間點，一切反而更形虛假，所有以爲可以改變的時機，其實都只是錯覺。

從美國回來後，我的生活熙攘而混亂，但至少下了決心結束短暫的錯誤婚姻，這個決定給了我義無反顧的勇氣，我以為自己歷經滄桑，其實只是年輕，離婚讓我獲得前所未有的自由，那是單身者所不能體會的，一種接近於置之死地而後生的心情吧。突然，我的身邊出現許多追求者，有一回，我整夜沒回家，和新認識的一名律師在巴塞隆那連看兩部藝術電影，缺乏故事性的情節隨著暗色調光影推移，離開名為巴塞隆那的 MTV 時，我腦子的空虛困乏正像搭了十幾個小時的飛機。因為不想穿著昨天的衣服出現在辦公室，惹人非議，於是我在 Fax 公司樓下服飾店買了一套衣服，然後到她公司換，臉上還是昨夜的妝，意外的是鏡中的自己並不疲憊，我用吸油面紙吸去臉上的油，再薄薄鋪一層蜜粉，Fax 從繁忙的業務空隙中抬起頭看了我一眼，說：「不錯，妝畫得不錯，看不出來一夜沒睡。」

那時的我們真是年輕啊，才敢大膽揮霍，怎麼知道，Fax 竟就再也收不了手了。

下班後沒事的夜晚，我們偶爾會去復興南路的躲貓貓，喝一杯馬丁尼，吃一盤煙燻芝士配葡萄乾，加晚班的 Fax，和報社發完稿的我碰面時往往已經十點，這時候再喝咖啡，晚上鐵定失眠，喝杯酒回去還睡得好些。年輕的我們天眞而又充滿熱忱，這熱忱不僅用在感情上，也表現在對事業的追求，雖然我們賺的錢很少，但我們看不起逃稅的人，我們堅持一個有能力的人應該願意爲社會付出，納稅是最基本的義務，再有能力就應該幫助遇到困難的人；我們不認同炒房炒股營利，長期投資另當別論，短線炒作就算獲利也是不務正業，憑空而來的利益對社會沒有半點貢獻，我們相信可以靠自己的勞力和智慧，得到應有的報酬，這報酬不僅符合正義，還可以鼓勵別人，我們曾經是這樣相信的，就連相聚時第一次舉杯，我們也總是祝願國泰民安，我們有熱忱，這熱忱不僅在自己的事業上，同樣願意用在社會，眞的，至少我們曾經努力這樣做。那時我已經搬到 Fax 的樓下，在躲貓貓混了幾個月，我抱著少一事不如多一事的貪玩念頭，提議我們開家酒吧，前一晚我們還在家裡無聊的吃火鍋，第二天劇情急轉直下，我們竟眞頂下了一家酒吧，酒吧在臺北新生南路。

而新生南路也成爲我這一生回憶最多的一個地方。

十一月，杭州的深秋，法國梧桐開始轉黃，車經西湖，落葉不停歇的墜落。

立冬前幾天，朋友來西湖玩，爲了討女友歡心，特地訂了香格里拉酒店，我以前去香格里拉吃飯喝咖啡，都在西樓，竟不知另有東樓，朋友訂的豪華閣湖景房就在東樓的頂樓七樓，他放下行李後，我們在六樓的迴廊喝咖啡，配著巧克力燕麥餅和奶油薄酥餅，當然最重要的是整片西湖湖景闊朗展開，一覽無遺，蘇堤深入碧綠的湖水，畫舫悠閒穿梭，曲院風荷茂密熙攘，荷葉雖已見枯枝，但是樹木依然青翠，綠的黃的淺褐的，層次更顯分明。香醇的熱咖啡逐漸將我拉回臺北，攝氏十六度的陽光，金燦燦的溫煦中微微透著寒意，貪戀湖景的我坐在迴廊，竟恍惚想起陽明山上的白雲山莊，其實風景迥異，若眞要追究，頂多是高處俯瞰這點略有相似吧，但視野中的風景卻是大異其趣。

兩次去白雲山莊吃飯，都是和 Fax，她對白雲山莊有特殊偏好，她沒告訴我原因，我猜是以前顧青帶她去過，她喜歡坐在窗邊看夜景，和我歡快的聊著，因爲酒精的催化，微微顯出亢奮，後來回想起來，她是在向自己證明，即使沒有顧青，生活也不會改變。

後來她開了龍舌蘭之後，我們再也沒去過白雲山莊，龍舌蘭時期的 Fax 活動範圍幾乎不出延吉街忠孝東路四段，偶爾去了民生東路中山北路一帶，都是有重要飯局，是過往記憶禁錮了她？還是誰的咀咒拘限了她？

認識顧青的時候，Fax 二十七歲，我不確定顧青的年齡，但應該和 Fax 有將近二十歲的差距，那時 Fax 剛剛自立門戶，顧青教了她許多，也幫了她許多，Fax 對他的情感，除了情人間的纏綿外，多少還帶點父女般的依戀。

Fax 認識他就知道他有太太，顧青也從未說過自己可能離婚，Fax 自己要愛上他，要陷溺其中，怨不得誰，但是交往了差不多一年，Fax 難以接受的是她逐漸發現自己稱不上小三，充其量只是小五，在她之前，顧青至少還有兩個外遇對象，Fax 說的是還在繼續的，已經分手了的不算。

「你怎麼發現的？」我有點不解。

「顧青生日，我要花店送了一盆花去他公司。」

Fax 的作爲我當時並不瞭解，女人送男人花，在我看來是多此一舉，且匪夷所思。多年後我才懂得其中暗藏的語言，那是：我希望你送我花，但你不送我，我只好送你了。

另外一層是：Fax 受不了忽視，如果她喜歡一個人，她總會不甘寂寞做些引起對方注意的事。

「送花到辦公室，會不會太高調了？」我提醒 Fax。

「顧青說他老婆從不去他辦公室，我才送的，沒想到老婆是不去，但情人會去，花店送花去的時候，他女朋友正好在，花店一放下花，那個女人就搶走了卡片，然後質問顧青，顧青竟然說我是和他開玩笑。」

「息事寧人，顧青只是不想把事鬧大，這些你怎麼會知道？」

「顧青公司的趙霞姐說的。」

「她和你說這些幹嘛？不是唯恐天下不亂嗎？」

「這就是讓我生氣的另一個原因，顧青的另外兩個女友原來在公司都是公開的，只有我是地下的，所以趙霞姐眞以爲我在鬧顧青，才說我事鬧大了，給顧青找來大麻煩了。」

「顧青不讓別人知道你和他的關係，我想也是保護你，等你要嫁人了，別人還是不知道這一段的好啊。」

「怎麼你說的和顧青一樣，那爲什麼另外兩個他就不保護了呢？」Fax不滿的嚷嚷，其實我想她心裡不是完全不明白，只是這件事不但傷了她的感情，也傷了她的自尊。

這一發現讓 Fax 失去平衡，顧青有老婆，她無話可說；可除她之外，還有兩個情人，讓她很受傷。她一邊含淚說要分手，一邊又背地裡死咬著牙跟蹤他，只是跟蹤，並不打算採取任何行動。

「何苦呢？」我問。

「我想看看那兩個女人什麼樣子？」

「看到了嗎？」

「看到了一個。」

「什麼樣子？」

「沒我漂亮，也沒我可愛。」Fax 嘟著嘴不滿的說。

我瞪她一眼，示意她別廢話。

「我完全沒想到，那個女人看起來有四十歲了，並不好看，真的，身材也普通。」

「可能他們在一起很久了，顧青也四十好幾了。」

「我知道，我的意思是現在很多人四十歲看起來只像三十歲。」

「也許她是五十看起來像四十。」我隨口說。

這回換 Fax 瞪我。

「顧青發現你跟蹤他了嗎？」

「沒發現，但我告訴他了。」

「你有病啊，要是我被跟蹤，一定和你分手。」

「唉，我忍不住說我看過他的女朋友，他一直追問怎麼看到的？好像很緊張，我一氣就……」

「他一定怕你繼續跟蹤他，說不定還去找他老婆。」

「不會的，我不會去找他老婆，也不會和她見面。」

「為什麼？」

「這是基本原則，顧青應該懂得。」

Fax所謂的基本原則，是情婦的基本原則，她認為情婦不應該也沒立場找元配。但後來她還是見到了正牌的顧太太，在顧青的葬禮上。

就在Fax因為發現自己不是顧青唯一的情人，開始脫序的行為後不久，顧青被診斷出罹患大腸癌，Fax哭著在電話裡告訴我，偏偏那天我報社忙到翻，六點我打電話找到一個蝴蝶養貓的熟客范迪，要他七點店一開就去陪Fax，並且要準備至少一打的笑話講給Fax聽，直到我十一點出現，范迪努力苦撐，Fax始終冷著一張臉，不理不睬，范迪堅持著，陪著笑臉，直到十一點半，我終於可以離開報社，趕到新生南路，Fax看見我，沒好氣的說：「你們就不能讓我靜一靜。」

心煩氣躁的她，一定也明白我們的心意，范迪不圓滿的完成了任務，疲憊的離去，我說：「我問了跑醫藥的記者，大腸癌是治癒率比較高的癌症。」

Fax 點點頭，淚水迫不及待奪眶而出。

顧青的情況卻遠比想像中嚴重，手術後，只短暫的恢復工作，很快就發現擴散，住院期間，Fax 擔心的不得了，卻不方便看他，這時候她愈發明白自己沒有立場，她有一次問我：「如果是你，你會讓你老公的女朋友看他嗎？」

「如果他想見，我會的。」

「我也相信他老婆會，但顧青說，不想在這最後一段時間增加對他老婆的傷害，她已經要承受老公的病，如果還得同時承受老公的不忠，太殘忍了。」

我覺得顧青的顧慮不無道理，Fax 說：「那我呢？已經沒多少時間了，難道我就不受傷嗎？」

等終於找到了空檔，Fax去探看顧青時，他已經無法行走，坐在輪椅上了。他的病情惡化的速度超乎大家的想像，一天傍晚，我接到Fax的電話，這一回她倒沒哭，她說：「顧青走了，你可以陪我吃晚飯嗎？」

「當然。」除了這個回答，我沒有別的話可能說。

我打電話交代酒吧的工作人員幾句，告訴他我們今晚不去蝴蝶養貓了，有事打我的呼叫器。九〇年代，那是個手機還不普遍的年代，我帶了一瓶XO，Fax和我約在忠孝東路巷子裡的東花坊，是一家日式創意料理，在後來的許多個年頭裡，我忍不住想，Fax的哀傷始終沒有消失，那天晚上我們試圖安置自己的東花坊卻早已消失。在餐廳會合後，我們各點了一份套餐，接著我放下XO，說：「今晚我們喝光它。」

我不知道如果Fax哭，該如何安慰她，她卻一直沒哭，倔強的板著一張臉，批評每一道菜。

幾天後，Fax在葬禮上見到了顧太太，Fax形容她氣質很好，溫柔有禮。

「她會不會懷疑我？」Fax 問。

「爲什麼？你覺得她直覺知道你們有事嗎？」

「不是，我哭得太傷心了，抽搐不止，如果有一個女人在我老公的葬禮上這樣哭，我肯定會懷疑的。」

「人都不在了，懷疑又能怎樣？」

「要是我，我會爲他高興，至少除了我，還有人愛他啊。」Fax 說。

我們很少再提起顧青，只是打烊前，Fax 偶爾會放蔡琴唱的誤點夢：「送走了人間悲歡，轉過身水月鏡花，只剩下一片雲，多情眞難舍，癡心又難留，不得不自己走……」那是顧青生前喜歡的一首歌，我們坐在喧囂鬧騰過剛剛安靜下來的酒吧裡聽著：「誰知道夢一半天已亮，夢裡的你和醒來的我，相愛這麼難。」

夢裡的你和醒來的我，如今回頭細想，竟是 Fax 愛情路上的寫照。但是，三十歲的我們，對未來仍有憧憬，不知道命運有時眞的殘忍，又或者是自己傻得一錯再錯。記得 Fax 很喜歡一部美國好萊塢電影，麥克道格拉斯演的，片名翻譯爲《白宮夜未眠》，總統追求一名環保推動者，結果連打電話訂一束花都碰壁，因爲花店一聽說帳單寄白宮，就認定是惡作劇，立馬掛了電話。Fax 憧憬的愛情不是平凡傖俗的，其實哪一個女人是呢？只不過大家在人生裡學會了，從可以選擇的機會中找幸福，Fax 卻不甘心放棄。

那是一段短暫的簡單而純粹的日子，在顧青走後，我們兩人都處於情感的空窗期，時間被工作和蝴蝶養貓塡滿，天天累的只希望能好好睡一覺。

有一回，白天遇到以前的男友攜新女友逛街，我急忙閃開，深怕他們看見我，晚上在蝴蝶養貓，我和 Fax 討論這件事，我怕他們看見我，究竟是避免尷尬，還是擔心正面比較，那陣子，白天跑新聞晚上照顧酒吧，差不多天天穿條牛仔褲襯衫慢跑鞋，連新衣服都沒空買，兩人不覺自怨自艾起來，於是決定打烊後立刻去買衣服，蝴蝶養貓兩點打烊，我們先去了通化街夜市，夜市只剩下小吃了，賣衣服鞋帽飾品的都收攤了，我們想起曾在深夜去林森北路吃宵夜，記憶中熱鬧非常，兩個人於是招了計程車去林森北路，結果服飾店倒是開著，但服裝款式完全不合適，多是極短的裙子，包裹的曲線畢露，顯然是針對林森北路特有的客層酒店小姐設計，我和Fax只好吃碗米苔目滷大腸，回家睡覺。

日子忙碌，但我們卻擁有彼此的陪伴，眞實的溫暖的陪伴。

九五年吧，我們頂讓出了蝴蝶養貓，當時我正計畫再度結婚，我原以爲Fax可以全心發展事業，她誇下誑語，說她的公司將會上市發行股票。沒想到她講出這句話不到半年，生意就徹底垮臺，在她公司倒閉前一個月，她說要買我的房子，但是沒有現金，所以要我先把房子所有權變更爲她的名字，她開給我兩個月後的支票，她估計房屋貸款兩個月內可以辦下來，誰會料到她的合夥人突然消失，等一批又一批人來要求結清拖欠的款項時，她才發現公司的帳戶沒有任何錢，留下的只有數不清的債，債權人包括她的朋友、客戶，也包括我。因爲她，我失去了所有積蓄，後來想想，如果不是已經將工作十年存的錢買下的房子，先過戶給她讓向銀行辦貸款，此時我會拿房子抵押給銀行幫她嗎？一個月前，我把房地契交給她時，代書曾經警告我不可以這樣做，我沒聽，Fax 是我的朋友，我相信她不會騙我，但誰能想到合夥人捲款潛逃的事。

債務曝光後我們才發現，所有能夠用到的關係，Fax 都借了錢，她試著向大家說明，公司營運沒問題，只要給她時間，她可以將帳目塡平，一開始，朋友也願意寬延，但眼看著顯露出來的窟窿愈來愈多，恐怕連她自己都不知道有多少。一天，我下了班過去陪她，那一陣子我很擔心她想不開，她開給我的支票連續跳票後，銀行勸我告她，我說，Fax 是我的朋友，我不會告她的，銀行的人在話筒那端說：「這種事我們看多了，一點關係沒有，怎麼會有財務糾紛？有糾紛的往往都是親近的人，票據法是有有效期的，過了就沒法告了，你自己想清楚。」

銀行的人果然說的沒錯，有財務糾紛的往往是親近的人，就在那天晚上，又有人來討債，是 Fax 結識多年的常姐，常姐陸續標下幾個會，將錢全借給了 Fax，現在她背的會錢，她該怎麼還？常姐邊哭邊罵，Fax 一聲不吭，常姐急了，上來就給了 Fax 一耳光，Fax 還是不言語，我在旁邊勸解，Fax 眞沒錢，再怎麼罵她打她也無濟於事，再給 Fax 一點時間，留得青山在不愁沒柴燒，我語無倫次的勸著，常姐氣急敗壞，最後拿走了辦公桌上一枝專門擱置硬幣的玻璃缸，常姐扔下一句：「就是會錢付不出，我被人打死，我的孩子也還要吃飯。」

我不知道在這段時間裡 Fax 面對了多少這樣的討債人，受了多少屈辱，她這樣要面子，當然是不願意說的，那段時間裡，她一直反覆告訴自己，一定要東山再起，她要讓那些羞辱過她的人知道自己看錯了，Fax 絕對不會一蹶不振的。

只有這樣，她才有勇氣面對明天，還有另一個明天

我反覆的問自己，如果不是我唯一的資產已經失去了，這一刻我會傾其所有幫她嗎？理智分析，我沒有能力幫她，我的財力相較於她的債務，只比杯水車薪略好些，但是情感上很難置身事外，不過這會我毋須矛盾煩惱糾結，毋須苦苦思索，因爲她已經先讓我一無所有了，我反而有了一種不合時宜的輕鬆。

我只要她答應我，無論遭遇什麼？都不准做傻事。

Fax 答應了。

但是，我不完全相信，因爲 Fax 的債務壓力之大，已經難以想像，有人將她開出的支票轉給了地下錢莊，地下錢莊的人打電話威脅她，她不理，豁出去的她，什麼都不怕，於是那些流氓轉而找 Fax 的爸媽，奉公守法一輩子的老夫妻，一早開門，牆上全是紅漆寫的不堪入目的字，Fax 的弟弟妹妹表示愛莫能助，事實上債務之大，也的確不是他們能夠負擔，地下錢

莊的人不肯甘休，繼續騷擾Fax的家人，無可奈何，Fax的爸媽聽從別人的建議，搬了家，這一回他們沒再帶著Fax的戶籍，力圖撇清關係，也徹底傷了Fax的心，從此沒再回家過，直到她走完人生，她的牌位才終於接回家。

我眞的相信Fax不會尋短，是在鄧麗君去世那天，傍晚下了班，我買了些簡單的吃食去公司看Fax，路上聽到了新聞廣播，知道鄧麗君的死訊，踏進辦公室我還來不及說這令人意外的消息，Fax先說了，她也從廣播新聞中得知，我們不禁感慨，眞是太可惜了。Fax說：「只有活著，人生才有可能，死了，什麼都沒了。」聽了她的話，我突然相信她會堅強的走下去，Fax依然對未來抱有希望。

那一天我們難得的沒提起公司債務的事，聊的全是小時候聽鄧麗君唱歌的往事，我有一張黑膠唱片，鄧麗君唱的晶晶，那時的鄧麗君只有十四歲吧，誰會想到這樣一個甜美的人，竟不長命。

是啊，誰會想到。

但現實還是讓 Fax 逐漸明白頹勢難挽，她突然改弦易撤，做起了酒品買賣，和她因爲複雜的債務關係新結識的一群朋友，我以爲，畢竟我們曾經經營過 Pub，她的公司原本也是做貿易的，也許相較起來，比其他行業容易入手。見她沒有一蹶不振，我很高興，也希望爲她盡一點力，做生意我是外行，但是她覺得記者的頭銜在應酬場合對她或多或少有助益，於是她時常要我陪她一起應酬，下班後的深夜裡，我們出入日本料理店，然後往復興北路脂粉雲集的 Club 續攤，當酒酣耳熱，氣氛升溫之時，我們相偕告退，留下其他男性，繼續他們的後半場。不久，Fax 在忠孝東路幫背後的投資者管理一家酒品專賣店，紅酒、威士忌是主力，我偶爾去看她，在旁邊建國南路上的一家鐵板燒吃飯，那種平價的鐵板燒，點一份牛肉或鱈魚，會附上一堆炒綠豆芽和空心菜，我以爲就算 Fax 無法東山再起，至少她沒失去鬥志。

其實，那時候，她已經官司纏身，原本貿易公司的數位債權人將她告上法院，我問朋友，大多認爲應該不至於判刑，因爲並非惡意詐騙，我問Fax時，她則總是避而不談，我以爲，獅子座好面子，便不多追問，沒想到，她在出庭數次依然沒能達成和解後，不再出庭，後來又大量進酒轉賣，卻拖欠廠商貨款，再度被告上法院，這一回是眞的涉及詐欺了，她取了一個新名字，和我說是算命的取的，爲了要改運，我完全沒有懷疑，而其實那時她已遭通緝。也許我應該感謝Fax在臨界點上，終於還是沒有將我拖下水，那些日本料理店和Club裡的聚會，詐欺正在進行，我還天眞的相信是有人賞識Fax，與她合夥創業。

終於，Fax入獄了，判刑六個月。

入獄前，她認識了林達恩，我不覺得他們是一見傾心，但他們很快上了床倒是眞的。林達恩原本是幫人來要債的，Fax欠了他的朋友八百萬，他以爲 Fax 見了他多少會感到受威脅，沒想到 Fax 言語囂張，態度傲慢，讓林達恩在詫異之餘，也被這個有幾分風韻的三十歲女人所吸引，Fax 表面看起來跋扈，其實只是虛張聲勢，林達恩在江湖上打過滾，當然一眼就看穿了，但他卻不自禁愛上了她。

林達恩有老婆，Fax 再度開始見不得光的感情，兩個人好的很快，我猜，一開始，Fax 有點破罐破摔的心情，債已經多到沒法扛了，感情呢？離開孫偉時，她就下了決心絕對不再愛有婦之夫，沒想到又遇到了顧青，她開始自暴自棄的相信自己是算命的說的二姨的命，生就做小三，命中註定的，還較什麼勁？林達恩的債也不討了，朋友也丟了，Fax 入獄後，多虧他打點，我們這幫朋友完全不知從何下手，Fax 一抓進看守所，林達恩就打了電話給我，並且和我約了時間接我去看 Fax。

我在復興南路等林達恩，心情複雜，在那之前，我沒想過自己會去探監，林達恩一路和我講述已經送了零用錢，也托人關照，女監的問題小些，

Fax 不至於被欺負。等 Fax 被帶出來，我們隔著玻璃用電話通話時，我只說了：「以前我住在你對門時，如果打電話也能看到對方，那可眞麻煩呢。」我原是想緩和氣氛，Fax 卻一直哭，什麼話都沒說，我又勉強說了句：「我會寫信給你，會寄書給你，六個月很快就過去了。」

Fax 還是哭。

林達恩說：「時間很短，你們兩個人有什麼要說的快說。」我們還是陷入了難堪的沉默，林達恩著急的拿過我手裡的話筒，開始叮囑 Fax 一些事，Fax 被帶進去以前，囑咐我：「別讓我家裡知道。」

我點點頭。

那六個月裡，我持續每週寫一封信給 Fax，一個月寄一次書給她，小說最多，夾雜些行銷管理的書，一回，她在信上要我寄食譜給她，我還以爲她寫錯了，又去信問她，獄中能自己開伙嗎？Fax 回信說：「當然不能，不過看著解悶。」

六個月後，Fax 出來了，林達恩去接她，Fax 頭髮剪短了，齊肩的清湯掛麵，人也瘦了些，竟然出落得從來沒有的清秀，還帶幾分書卷氣，讓人不解。

這六個月的牢獄，讓 Fax 覺得自己欠了林達恩，林達恩是唯一不斷去探監的人，虧欠是一種情緒，另一部分是，出獄後的 Fax 找不到工作，她變得更依賴林達恩，雖然她急欲獨立，但是眼前不得不先幫林達恩處理些公司瑣事，她沒錢，沒工作是事實，她不喜歡這樣的情況，卻又無力改善，直到她在龍舌蘭找到打工的差事，並且在數個月後從原本的老闆手上頂下龍舌蘭酒吧，Fax 才算有了自己的生活空間。

龍舌蘭對 Fax 來講，更像一個家，就連除夕夜她也照常營業，眞的是全年無休。

沒多久，Fax 就有了一群小弟，不是黑社會意義上的小弟，是龍舌蘭的員工和酒商業務代表共組起來的，他們全管 Fax 叫姐，Fax 盡可能的照顧他們，業績不夠時，Fax想辦法促銷，女朋友鬧脾氣時，Fax想辦法安撫，嗑藥鬧事遭脅迫時，Fax想辦法調解……Fax需要的不是一份生意，需要的是可以讓她付出的關係，她一直學不會自私，即使沒錢買衣服，沒錢燙髮，她還是願意將自己所有的和人分享，但是這樣的分享有時會失去平衡，人與人的關係如果雙方的付出長期不一致，或者因爲付出衍生爲掌控時，一切都會變調。

Fax卻不願多想，她享受自己在龍舌蘭建立起的小小王國，她是那裡的女王，坐在吧檯裡猶如坐在T型臺的聚光燈下，那裡的一切是她可以掌控的，這讓她覺得安全，覺得自在，她擁有了這一片王國，即使小，她也不想再去別處。

後來回想起來，和徐磊的那一段，應該是Fax距離婚姻最近的一次。

Fax遇到徐磊的時候，兩個人都在低谷，我並不是說他們後來有攀上高峰，而是那時候的他們還沒放棄，當一個人已經徹底放棄，也就不存在所謂的低谷了，他只可能繼續向下沉淪，因爲他根本不打算走出泥濘，也或許是不相信能夠走出。

徐磊當時失業，每天打牌混酒吧，不然就窩在家裡睡覺，三十幾歲的人，連生活還靠妹妹打理。妹妹結了婚，但就住在哥哥家附近，隔幾天就來幫徐磊洗衣打掃，三不五時打電話催哥哥去她家吃頓家常飯。這樣的人，Fax 原本是不可能看上的，可是連年跌宕，Fax 眞的累了，她也想平凡安穩過日子，那原就是她少年時的志向。他們很快走在一起，徐磊振作了起來，至少算是力圖振作吧，他找了工作，是他的本行，旅行社導遊，大多帶東南亞線的團，泰國、印尼爲主，不帶團的日子，他不和朋友出去混了，而是在龍舌蘭幫 Fax 忙。徐磊的爸媽知道後，十分高興，專程從南投來臺北，他們很喜歡 Fax，包了一個紅包當見面禮。徐磊和 Fax 都年過三十了，徐媽媽的意思是不如快點訂下來，Fax 嘴上沒說願不願意，但是看她對徐伯伯徐媽媽的盡心盡意，應該是接受了。徐磊的妹妹有兩個孩子，丈夫本分盡責；弟弟當演員，雖然總演男二號，但不要緊，演出機會多就行。唯一讓徐家二老放心不下的就是徐磊，現在也有了著落。

我曾經問過 Fax，徐磊公然出入龍舌蘭，以 Fax 男友自居，林達恩知道了怎麼辦？Fax 說，知道就知道，她根本沒打算瞞著林達恩。Fax 認爲林達恩和她在一起好幾年了，如果沒法離婚娶她，就無權干涉她的情感，我想林達恩老婆找來龍舌蘭，當著林達恩的面甩了 Fax 兩耳光，林達恩都沒敢攔的事，是眞的讓 Fax 寒心了。

但顯然林達恩不是這樣想的。

有一天我在報社接到徐磊的電話，我從沒給過他我的名片，所以應該是他自己查到電話的，如果他向 Fax 要，Fax 應該不會給他，要給，也是給手機號碼。我腦子裡飛快閃過這些念頭，於是隱約覺得有事發生了。

「林達恩是什麼人？」徐磊劈頭就問。

「你問過 Fax 了嗎？」

「問了，她說是她男朋友，但她已打算和他分手。」

「你知道了，還問我作什麼？」

「他是什麼樣的人？他憑什麼說要砍我？」

「他這樣說？」我試圖避重就輕，一方面我和徐磊並無交情，另一方面我也不希望同事聽了，以爲我陷入了糾紛，報社裡人多嘴雜，是非一向多。

「是的，他叫我別再見 Fax，還說要和我談判。」

「Fax 知道嗎？」

「我和她說了，她說林達恩是黑道大哥，是眞的嗎？」

「你問我，我所知道的，也是從 Fax 那裡聽來的啊。」

「我應該去談判嗎？」徐磊顯得十分猶豫。

「你得自己決定。」

「如果是你，你會去嗎？」

「看我有多愛 Fax 吧。」

結果徐磊沒去。

但他也沒和 Fax 分手，他說林達恩和他沒關係，這話說的其實也沒錯，法律上 Fax 是單身，林達恩眞沒權利發飆。

問題是，人不是只講法，還有情緒。Fax 和徐磊交往，在林達恩看來就是偷人，對他是莫大的羞辱。一天夜裡，他帶了小弟在龍舌蘭堵到了徐磊，他要小弟揍徐磊，Fax 抱住徐磊，小弟沒法下手，林達恩氣極敗壞問：「你這樣是在做什麼？」

Fax 說：「我愛他。」

那天林達恩最後氣的調頭離去，但是他並不肯放手，反而是徐磊他沒被 Fax 那句話所感動，卻被林達恩嚇住了，他離開了 Fax。

Fax 爲兩個男人的自私與怯懦傷透了心。

林達恩不肯分手，但他的氣還得出，一天晚上我去龍舌蘭，Fax 示意我和她去裡間倉庫，她揭開上衣給我看，背上全是一道道紫色的傷痕，林達恩用皮帶抽的，Fax 說：「他怎麼下得了手？」

我完全不知道自己該作何反應，勸她離開似乎無濟於事，她要能走自會走的，如今發生徐磊的事，我想她更走不了了。

「我想林達恩不僅氣你在小弟面前說愛徐磊，更氣徐磊沒出息吧，如果徐磊敢爲了爭取你和他談，至少你愛他還愛的值。」我說。

Fax 只是流淚，她完全不想提起徐磊。

半年後徐磊還是結婚了，只不過不是和 Fax，是和他以前的女友複合。Fax 的葬禮他也來了，徐磊的妹妹說，徐媽媽一直爲了沒能娶 Fax 當媳婦感到遺憾。有時我也忍不住想，如果 Fax 眞和徐磊結婚了，今天一切都將不同吧，她很可能還活在世上。

葬禮結束後，林達恩在簽名簿上看到徐磊的簽名時，顯然想法和我迥異，他生氣的說：「他們兩人還有聯絡？」

別人聽不下去了，解釋說：「Fax 姐過世的事，徐磊是聽許哥說的。」

許哥也是混的，不過混的是白道，林達恩這才不言語，我原以為他多少有些後悔，在 Fax 死後。

Fax 的事發生後，唐銘打了電話給我，我說我無法相信 Fax 眞的走了，而且很生氣，根本不能接受 Fax 居然能這樣對待我。

我沒有去參加 Fax 的葬禮，固然是因爲我當時不在臺北，但其實也是我沒有辦法面對。

六個月之後，我卻慶幸自己當時沒有去，這樣當我回想起 Fax 時，出現在腦海裡的畫面還是她站在吧檯後睥睨一切，卻又興味盎然的神情，而不會是她躺在棺材裡的模樣。

唐銘也沒有參加，他排定了要去上海出差，但我想他也是難以面對吧。

回臺北後，我們見了面，在福華的一樓，本來約得是喝咖啡，下午兩點，碰面後卻去了七賢酒吧，窗外的游泳池在冬日裡一片冷清，以前傑瑞來臺任職時就住在這，有一回我們一起去貓空喝茶，傑瑞和 King 下圍棋，我和 Fax 聊天吃零食，我曾經眞心希望他們能在一起，傑瑞是 Fax 的男友中唯一和我談得來的一個。那天和唐銘分手時，我們都很哀傷，唐銘說，希望我們以後依然能一起喝杯酒，聊聊天。晚上，他打電話給我，聽得出來，傍晚分手後，他又繼續喝了酒，他說起蘇偉貞寫的《時光逆旅》，張德謨死後，她回憶，以前爲了配合張德謨的菸癮，去遠一點的地方旅行時，特意將飛行旅程分段安排，好能回到地面在吸菸室抽枝菸，再繼續旅程，如今許多機場連吸菸室都沒了，張德謨如果還在世上，也難安排飛行了。

唐銘說：「這就是對另一個人的情感，你願意爲了他做調整。」

掛線前，他問我：「你會寫一點什麼吧？」我沒回答。

因為我真的不知道，直到那時，其實我依然不相信 Fax 走了。

傑瑞是在我們經營蝴蝶養貓時認識 Fax 的，那時傑瑞剛從美國返臺任職，大學畢業後他到美國留學，就再也沒有回來過，二十年過去了，再回來，他更像個會說中文的外國人。他不敢吃夜市的小吃攤，怕聞到臭豆腐的味道，看不慣臺灣的商場文化，對臺灣的很多事都不習慣，但是他喜歡 Fax，他在 Fax 身上看到一種難得的純真和熱情，那時他正在辦離婚，第三次離婚，美國女人的現實讓他記憶深刻。

Fax 剛開始和傑瑞交往時，並沒有讓我知道，後來我是從傑瑞朋友那裡聽來的，我沒問 Fax 為什麼沒說，只是淡淡的透露我知道了，我想她不說，是因為沒把握，傑瑞眞能離得成婚嗎？她不想再度成為第三者。以前看成龍的電影，有句對白我一直記得：「男人出去就是有事做，回來就是做完了，有什麼好問的？」愛情也是這樣吧，兩個人在一起就是有好感，分手就是結束了，有什麼好問的？但我是眞心希望他們能在一起。

可是，人的生活不是只有感情，傑瑞調職來臺引發臺灣本土派的不滿，美國總公司擺不平，又想調傑瑞去上海，表面上是升職，擔任大中華區CEO，但傑瑞卻覺得被出賣了，堅持返回美國，不久便離職，去了另一家跨國集團，就他個人的生涯規劃，我看不出損失，但是，他和 Fax 剛剛開始的情感卻是硬生生扯斷了。

遠距戀情，Fax 認爲那是不可能的，完全沒戲。

後來傑瑞又回到臺灣看 Fax，但那已經是十年後的事了，十年間發生了太多的事，傑瑞卻懷抱著十年前的愛情記憶，我不能不說他深情，但這份深情是隨性的，眞心但沒承擔，也許傑瑞覺得故事還沒發展到他承擔的那一步。我陪著傑瑞去龍舌蘭，從蝴蝶養貓到龍舌蘭，我不知道傑瑞發現到和意識到多少變化？他卻依然在 Fax 身上看到純眞和熱情，只不過是這純眞和熱情被虛矯包裹住了，它們眞實的存在，但需要剝除外衣。傑瑞對我說：「Fax 面對龍舌蘭裡其他追求者，不希望別人發現我的不同，我們是眞正愛過的，他們只是環繞 Fax 獻殷勤的。」

我不知道該說什麼，傑瑞連林達恩的存在都不知道，他腦子裡究竟是怎麼想的？十年不是十天，他怎麼會以爲離開了十年的情感，回來後還能夠接續？就算要接續，也得有番搏鬥，哪能一點力氣不花？我只能作爲老朋友盡點地主之誼，我依然樂見傑瑞和 Fax 有好的發展，但兩人的心態顯然不在一個頻道上。複合無望，卻讓林達恩發現了，Fax 情急之下打電話給我，讓我和林達恩解釋，傑瑞是我的朋友，蝴蝶養貓時代的舊識，我們一起吃過飯，他聽我說 Fax 又開了家店，好久沒見了，所以一起來看看。但這番解釋完全發揮不了作用，傑瑞當年匆匆離臺，留下一幅油畫給 Fax，算是紀念吧，林達恩連這個都知道，從此和我有了間隙，雖然沒有鼓動 Fax 不見我，但只要提起，就沒好話。

我怎麼知道的，當然是 Fax 說的，爲什麼她要和我說這些？我一直不懂，讓自己的好朋友和男友交惡，有什麼好處？後來回想起來，我不禁想，那時她已經顯現出性格的偏差了嗎？因爲酒精的緣故。她拉著我一起騙林達恩，原是爲了撇清她和傑瑞的舊情，結果反而導致誤會，這個部分我完全理解她的用心；但誤會發生了，逐漸化解，能夠大事化小小事化無最好，不能，也毋須火上加油，她卻不時提醒我林達恩對我的不滿。有一回，我們和導演在大安路吃飯，巧遇林達恩，導演是林達恩女兒大學裡的老師，Fax 介紹後，兩人握手交談了幾句，林達恩走後，Fax 對我說：「如果不是導演在，林達恩看到你，一定不會過來打招呼。」

我聳聳肩，覺得這完全是一句多餘的話。

但是我委實不明白 Fax 的心理，一開始我和林達恩的關係不算差，Fax 入獄後，也是林達恩帶我去看她。Fax 出獄後，過了一段時間，我看她生活情緒都還穩定，就要 Fax 打個電話給飛行員，飛行員是我們的朋友，他的老婆將自己工作十年的離職金全借給了Fax，Fax公司倒了無力償還，也該自己打個電話和人說一聲，Fax不肯，我在電話裡勸了又勸，當時我覺得只有當Fax能面對這些事，正視這些事，她才可能重新站起來，她卻還是一逕逃避。她的公司剛結束時，Fax沒法面對飛行員，曾經托我打電話給飛行員解釋，人家眞的沒有張牙舞爪的去找她要債，願意等她準備好了，再和他們夫妻聯繫，原本都是朋友，Fax的逃避，我很難接受，氣得掛了電話。

翌日，我接到林達恩的電話，說Fax哭了好久，希望我別和Fax鬧意氣，多給她點時間，林達恩說：「你們是好朋友，好朋友不管發生什麼事，都不會不理對方的，晚上你來找Fax吃個飯吧。」

我去了，我也不忍心不理Fax，公司倒了之後，除了我和林達恩，她眞的沒有朋友，也沒有家人，我怎麼可能丟下她。

那時林達恩和我的關係還好，當然我們都是爲了Fax，如果你的男朋友和你的好朋友願意和諧相處，那是因爲重視你，不是嗎？他們不願意你爲難，不願意你尷尬，希望你高興，所以不管合不合得來，總是努力維持友善的氛圍，Fax 卻故意打破了它，我完全不明白她究竟是怎麼想的？

以前有一個不算特別熟的朋友，這樣說 Fax，爲了引起注意，有時她寧願弄壞自己的東西，就像任性的小孩，爲了得到大人的注意，不惜弄壞自己心愛的娃娃。

在林達恩和我交惡後，我想起這段話，意識到 Fax 眞的有這樣的傾向，當然不僅是反映在我和林達恩這件事上。

我忽然想起，我們剛到臺北工作的時候，有一回我去 Fax 的住處，她煮了咖啡，但不知怎麼回事，那只有柄的咖啡杯，在我拿起時，杯柄應聲斷裂，咖啡灑了一地，Fax 連忙擦拭，還好沒撒在我身上，我穿了一身米色的套裝，沾上咖啡還眞不好清理呢，Fax 重新又煮了一杯咖啡，換了個杯子給我。喝完咖啡，Fax 拿出剛剛在水果店買的柳橙汁，對我說：「要加冰塊的話，自己拿。」我打開小冰箱，旋轉製冰盒時卻不小心將製冰盒整個卸了下來，Fax 喊：「你坐著，什麼都別動，你要什麼，和我說就好，我來弄，不然我怕你把我家拆了。」

從此，Fax 總不放心我做家務，她認爲我會把一切搞糟，就連在龍舌蘭也是，她受不了我摘荷蘭豆的速度，要人看著我別碰豆腐丸子，以免鍋裡的丸子碎成渣。我無所謂，樂得在一邊看，這些瑣碎的家務活，的確不是我擅長的，但是現在想想，我弄壞的不過是些杯碗瓢盆之類的小東西，她弄壞的，卻是自己的人生啊。

Fax 走後，我意識到自己放棄了抓住青春的企圖，我不想染髮，不想燙髮，不敷面膜，並且開始發胖，我的新陳代謝遲緩而怠惰，就連我的情緒也一併鬆散了，脂肪開始囤積在腰腹，自己也覺得詫異，是什麼使我不在意自己看起來老，是因爲已經失去這許多，變老也算不了什麼了嗎？

我想起村上春樹在《尋羊冒險記》裡寫的，當他終於在寒冷孤寂的房子裡見到羊男時，他問的話：「你已經死了，對嗎？」若是我在喝著威士忌時見到 Fax，我不會這樣問，我會說，你怎麼能這樣對我？

夏天快要結束的時候，我去了一趟福州，晚上在餐廳吃飯，突然聽到張惠妹的〈聽海〉：「寫信告訴我今天海是什麼顏色，夜夜陪著你的海心情又如何？灰色是不想說藍色是憂鬱……寫封信給我，就當最後約定，說你在離開我的時候是怎樣的心情。」我默默吃著蔥油蟶子、炸小黃花魚，將蚌肉從殼裡剔出，將魚骨和魚肉分離，心裡反覆念著：寫封信給我，就當最後約定，說你在離開我的時候是怎樣的心情。這是 Fax 最喜歡唱的歌，現在卻多像是我的心情啊。

回臺北的那幾天，我做了一個夢，夢裡是在一間酒吧，我遇到了 Fax，Fax 得意的說，想不到吧，那表情是懷抱著一個大秘密時才有的，我說：「你是不是有什麼不得已的原因？在躲那些你欠了錢的人嗎？所以騙大家說你死了，但你爲什麼連我都要騙？」Fax說：「我沒有騙你，這一切都是眞的，只不過我找到了回來的方法。」醒來後，我以爲Fax傳遞了一個訊息給我，但我該到哪裡去見她呢？我原不相信什麼人死後有知的鬼話，我以爲人死了，魂魄就散了，消失了，徹底不見了。但夢到Fax後，我突然覺得她有話和我說，我先去了新生南路的蝴蝶養貓，我以爲那有我們都忘不了的一段記憶，如今已改成早餐店，賣各式三明治和奶茶，老闆娘站在爐前煎火腿和雞蛋，店裡瀰漫著乳瑪琳特有的香氣，溫暖而平靜，我完全感應不到Fax。後來我聽說龍舌蘭原址租給了小林海產，還發生了幾件怪事，於是有人請來通靈的法師，說Fax留在那沒走，農曆的七月，我去了海產店，亮晃晃的日光燈下，我們一行人推估著昔日吧檯的位置，邊吃邊喝，快九點的時候，有人說，Fax該來了，那是Fax平常習慣出現在龍舌蘭的時間，我哭了起來。直到如今我坐在福州的飯店裡，才恍然明白，那天我原是爲了去見Fax，我以爲她給了我一個訊息，而此刻我終於明白，我們完全斷了聯繫，我卻還在等著她寫封信給我，說她在離開我的時候是怎樣的心情。

我置身的餐廳這會卻像是由 Fax 管控一般，音響播放著梅豔芳的〈女人花〉，我想起有一回在龍舌蘭，Fax 突然點歌讓我唱，我一向不會唱歌，她卻讓我唱了一首又一首，其中就包括這首〈女人花〉：「朝朝與暮暮，我切切的等候，有心的人來入夢。」螢幕上出現梅豔芳，我說，我不會唱，Fax 一把將麥克風塞在我手裡，說：「你會的，你怎麼忘啦。」後來我才知道當時店裡的兩夥人正爲了搶佔點歌權心生不快，Fax 索性推說我心情不好喝多了，不肯放開麥克風，那兩桌人誰也沒機會唱，也就避開了一場即將展開的衝突。第二天我問 Fax，萬一他們轉而嗆我，那怎麼辦？Fax 說不會，因爲他們原本就彼此看不順眼，但我卻與他們毫無恩怨，Fax 說：「況且你聲音不大，不引人注意，他們一會聊起天來，很快就忘了。」

這是 Fax 處理店裡喝醉了的酒客的方法，她自信能掌握一切，這自信往往眞能化解糾紛，看多了喝醉的人，她完全摸清人醉後的思考邏輯，跳 tone 的，但卻沒能掌控好自己，她猝死前的三個小時還和導演喝酒，而那天，她從中午的一場婚禮就已經開始喝了。

若是你聞過了花香濃，別問我花兒是爲誰紅，愛過知情重，醉過知酒濃，花開花謝終是空。我爲什麼會唱女人花呢？想來也是在 Fax 那裡聽得多了，這會難道不是她在傳遞訊息給我嗎？

只有很短暫的一段時間，我以爲 Fax 會傳遞些什麼訊息給我，很短，還不到一個夏季，夏季開始前，我並不眞的相信她死了，夏季結束後，我覺得她徹底消失了。

King 在電腦裡設置的休止狀態，是一座熱帶魚箱，音響裡傳出潺潺水聲，初時還會讓我以爲是水龍頭沒有擰緊，淺藍色的透明水域，黃色黑色環狀相間，銀色尾端漸層轉紅，橘色搖著尾撅著嘴的，各式不知名的熱帶魚悠遊其間，有一天晚上，我獨自坐在電腦前，面對這一箱魚喝紅酒，聽著潺潺水聲，其實我也不是那麼想 Fax，，不是見不到她就覺得寂寞，我只是不能相信她會走，走得如此徹底。

龍舌蘭也有這麼一座魚箱。

關著燈，我想假裝自己在龍舌蘭。

有時候，我也像現在這樣，一個人坐在吧檯邊看魚箱，一個人喝酒。

龍舌蘭的魚箱裡養著一尾碩大的紅色寬身魚，男人手掌般大小，Fax養了許久，魚箱裡還有幾尾清道夫，幾尾黑白相間的小魚，紅色的魚是養的最久的一尾，Fax說養這麼大不容易，水族館想和她買，她不肯。有一回小明和肯惡作劇，買回一條大小差不多的赤鯮，煎熟後放在碟子裡，等Fax來，他們早已先將水箱裡她心愛的魚撈出，暫時擱在廚房的水盆裡，他們計畫騙Fax，趁她不在把她心愛的魚給煎熟了。一會兒，Fax來了，並沒有留意到魚不在魚箱，Fax看了一眼吧檯上的魚，問肯：「你煎的？」肯點頭，Fax又問：「新鮮嗎？」肯說：「剛才還是活的。」我專心聽他們怎麼騙Fax，這時Fax轉頭向我說：「你吃啊，你不是喜歡吃赤鯮。」

我嚅嚅的說：「這不是赤鯮。」

「不是嗎？那是什麼魚？」Fax 終於轉頭看魚箱了，然後對肯說：「把魚放回去，別無聊了。」

後來我問 Fax，沒有一點懷疑嗎？

Fax 說沒有。

「爲什麼？」我問。

「他們不敢。」Fax 說。

如果這就是她要的安全感，或者是她爲自己建立的安全感，那是不是意味著她遠比我們意識到的更缺乏安全感？在那裡，她可以掌控一切，所以她不去別的地方。

一個人面對著電腦裡的魚喝下第三杯紅酒時，我這樣想。

Fax 走後，她的妹妹對我說，Fax 不願意和我出去吃飯喝咖啡，是因爲怕遇到以前的朋友，那些 Fax 欠了錢沒還的人。

Fax 需要的安全感絕對不僅是爲了躲避以前的債主，更多的是要維持住她獅子座女王等級的驕傲，爲了確保一切在她的掌控下，她對龍舌蘭的依賴日益加深，她試探著每一個夜晚出入此處者的忠誠。有一回，李察約了人在那裡談判，Fax 非常生氣，因爲來人多是帶了槍的，表面上看不出來，但那氣氛有經驗的人聞得出來，Fax 要李察立刻把人帶走，李察沒理會，Fax 便開罵了，李察就當沒聽見，幾個熟客見狀況不對，紛紛走避，一個小時後，李察走了，店裡霎時安靜下來。當事情結束了，最讓 Fax 不滿的不是李察，而是走避的那幾個熟客，Fax 說：「太不仗義了，朋友怎麼能發現有狀況自己先走。」她和別人稱讚我，說我一直坐在吧檯，沒離開，以前我們開蝴蝶養貓也不是沒見過世面，不是沒遇過人帶著槍坐在我們店裡，我聽她這樣說，猛然明白，她完全模糊了客人和朋友之間的界限，我也不高興了，我說：「我才是你的朋友，那幾個避開的熟客不是，李察也不是。」

Fax 意圖破壞原本和諧關係的傾向，無法克制的再次出現，第二天，她對會長說，我說他們只是客人，不是朋友。會長聽了，不以爲意，他平靜的告訴 Fax，其實這話說得沒錯。

但是，後來我發現我錯了，Fax 走後，我發現李察眞的是把 Fax 當朋友，我說錯了，朋友不是靠認識的時間長短、交往的方式來決定的，而是靠眞心。

Fax 試探在龍舌蘭出入者的忠誠度的方法千奇百異，最常見的就是羞辱，在 Fax 喝醉以後，她先是出言挑釁，然後纏繞不休，直到對方或盛怒或不耐，拂袖而去，醉了的她彷彿得到暫時的勝利，她相信對方之所以憤怒，是因爲她說出了實情，切中要害。翌日，她醒來，酒精的作用下，記不全昨夜的事，有時她索性不再想，但有人硬要和她提起，那就不同了，她非得回憶，於是那些空白處在她每回憶一次便塡補一次，逐漸失去原貌，她卻深信不疑，她的記憶逐漸走了樣，她的行爲也逐漸走了樣。

起先，是一些事出有因的情節，平日裡避重就輕，Fax 隱忍著不滿，積壓到一定的程度，終於在酒後爆發。

好比導演的舞臺劇演出後，另尋別處舉辦慶功宴，完全不顧念這齣戲在一開始尋找資金時，她出過力，排戲過程也始終關心，售票期動員龍舌蘭的客人買票看戲。但事實上，Fax 和我都心知肚明，整個過程裡，導演試圖不著痕跡的避免 Fax 以任何形式參與，如今連慶功宴也在別處舉辦，她心裡累積的不舒服，明擺著發作顯得太小心眼，於是她隱忍，又隱忍，但不滿是存在的。偏偏導演以為舞臺已經落幕，一切如常，戲演完了，依然來此吃喝玩笑，終於一天，喝醉的 Fax 拿導演與家人的嫌隙做起文章，導演先是和她激辯，終於氣急敗壞，推門而去。

翌日，Fax 電話裡和我說起，當然說的是她記得的部分，我當時以為，那也是她自己的心情投射，導演和家人的關係其實不錯，雖然他常抱怨，但就是因為親密，才生出事端。Fax 原本和家人也親，但在她欠下上千萬債務，家裡房子遭查封，討債公司上門潑漆，Fax 的父母偷偷搬家並遷出她的戶籍後，她再也沒回過家。

與家人糾結的情與怨，我以為其中有她自己解不開的結，不過借題發揮，她對導演的不滿另在他處。

接著，Fax 無事生非，大家喝酒聊天好好的，她突然就要說句惹人不高興的話，比如說會長有時忘記買單，行事合宜且自尊極強的會長如果忘記買單一定是喝多了，改日一併結清，其實沒什麼，她卻偏要尋事，果然會長皮夾一掏放下三張紙鈔就走，阿賢一邊跟出去叫車，一邊囑咐我：「六千塊收起來，明天再給 Fax，她喝醉了。」我心想是三千塊吧，一看桌上原來是三張二千塊錢，那是我僅有的一次握著二千塊的鈔票，我幾乎以為在這個國度裡不存在的面額。又比如說三哥的朋友，說是朋友，其實也才認識，一道吃了飯，來龍舌蘭喝酒，三哥的朋友有點架子，說是留洋回來的，看臺北諸多不順眼，Fax 看她也不順眼，一會這朋友先走了，Fax 便議論起來，懷疑她外企高級白領的身份，這其實不關 Fax 的事，三哥不是沒見過世面的人，自會分辨，但畢竟是隨三哥一起來的客人，Fax 當著三哥的面挑鼻子挑眼，三哥也火了，酒不喝了，揚長而去。

諸如此類，我翌日和她說起，問她是否打個電話，解釋自己喝多了，她總一口回絕，說，要打了電話，反而像是眞有事，什麼都別提，才是一種默契，他們都懂得。也許眞是我多心了，導演、會長、三哥依然是座上常客，一個月裡，沒半個月也有十天看得到他們。

他們顯示了自己的忠誠，在 Fax 看來。但對他們而言，他們是瞭解 Fax 的寂寞的，他們又何嘗不寂寞。

但是 Fax 和孫哥的情況就不同了，孫哥把她當成可以說心事的朋友，才會吐露自己徘徊在婚姻與外遇間的糾結矛盾，一個年逾半百的男人，這樣的話沒什麼人可說，Fax 卻在酒後當眾批評孫哥對感情不負責任，那晚我不在場，據別人轉述孫哥先還解釋，並設法轉移話題，都無法成功，Fax 一旦喝醉，是沒法讓她轉移話題的，最後，孫哥說了句：「是我自取其辱。」便黯然離去，孫哥後來再也沒去龍舌蘭。這一次不愉快發生前，他原和 Fax 是一對有趣的朋友，他們常常交換各式食物，孫哥釣到的魚，某處菜市場搜購來好吃的韓國泡菜，Fax 也會為孫哥準備德國香腸、酸黃瓜、麵包棍。孫哥喜歡喝德國啤酒，他不來了，冰箱裡還堆滿了他喜歡的德國啤酒，驕傲的 Fax 當然不示弱，說：「啤酒我自己喝。」

我沒多說什麼，以為也是 Fax 的情感投射，她自己也是介入別人婚姻的第三者，孫哥考慮離婚，Fax 的男人卻把生病的岳母接來家裡，可見妻子對他的分量，這在付出了十年情感的 Fax，確實刺痛，同樣是愛上一個結了婚的男人，得到的用心卻是有輕重之差的，驕傲的 Fax 很難承認，不僅是對別人，就是對自己，她也無法承認。

一天，我坐在吧檯，週六晚間十點吧，店裡的客人正多，突然走進一個年約四十歲的女人，站在吧檯外，指著 Fax 說：「管好你自己，宗華以後再也不會來這了。」她的話其實說的很清楚，但是因為事發突然，我們所有的人都沒回過神，以至於她像一陣風呼嘯而過，轉眼即逝後，我們沒人明白她說了什麼。

Fax 十分鎮定，我們問她怎麼回事？她泰然自若的說，那是宗華的老婆。

宗華的老婆我沒見過，宗華倒是見過幾次，但他其實也不常來，要來，也都是陪孫哥一起來的。

坐在我旁邊的辣媽問 Fax：「怎麼？他老婆誤會你和宗華有曖昧啊？」

Fax 沒回答，現場情況看來確實像是這樣，反正她走了，不一會大家就忘了剛才發生了這件事。直到第二天，鳴風和我喝咖啡，一碰面，他就問我：「你收到簡訊了嗎？」

「什麼簡訊？」

「所以你沒收到。」他把手機遞給我，簡訊發的時間集中在淩晨兩點到三點，是 Fax 和孫哥的爭執，爲了宗華老婆來店裡的事，其實也不能叫爭執，孫哥只說他不知道。

「這是Fax和孫哥間互傳的簡訊，為什麼在你的手機裡？」

「不只我的手機，」鳴風說出一串名字，然後告訴我：「他們都收到了，我以為你也有。」

「我沒有，但我昨晚在那裡。」

「宗華的老婆說了什麼？」

「坦白說，因為發生得太突然，而且她說完就走了，我們只以為是有了誤會爭風吃醋，就沒放在心上。」

「如果不是昨晚你在現場，你一定也會收到簡訊。」鳴風說。

我卻知道不會，Fax是不會發給我的，就好比她寧願讓我以為宗華的太太誤會她和宗華有曖昧，也不願讓我知道眞正的原因是孫哥，宗華夫妻的不滿是源於Fax說出了孫哥的婚外情。

和鳴風喝完咖啡後，鳴風問我要去哪？我說回家吧，他問，不去龍舌蘭了，我搖搖頭，回家後立刻寫E-mail給Fax，我切切地勸她，希望修改她偏差的言行，我眼中的偏差言行，卻不知道如此做，正是將她推得更遠。

張小嫻寫的：「世上最遙遠的距離，不是生與死的距離，不是天各一方，而是我就站在你面前，你卻不知道我愛你。」這個句子常被網友拿來做造句，還一度有人以此指出張小嫻抄襲泰戈爾，張小嫻出面否認，泰戈爾《飛鳥集》中則是這樣寫的：

The most distant way in the world
is not the way from birth to the end.
it is when I sit near you
that you don't understand I love you .

秋天就快要結束的時候，又有學生討論這個老問題，我聽著他們讀著這熟悉的句子，突然明白，生與死本來就不是最遙遠的距離，因爲那是徹底的兩個世界，不，這樣說也不對，死亡的狀態沒有一個活著的人知道，所以以世界概稱，很可能就是錯誤，這只是以活著的人的思維想當然爾，生與死是完全的隔絕，完全的隔絕是無法以距離來衡量，也就無所謂遠近。再遠的距離也是可抵達的，前幾天，地球就觀測到了距離地球一百三十億光年的一顆行星，也就是說我們現在抬頭看到的星光，是一百三十億年前發出的，說不定這個星球現在已經消失了，但在它消失前散發的光依然傳達到了地球，明白了嗎？一百三十億光年，夠遠了吧，依然可以抵達。

但生與死，卻無法跨越啊。

到了我們這個年齡，究竟還會不會在乎，我在你身邊，你卻不知道我愛你？我想，對於曾經付出的愛，或者做過的表白，都不過是人生的一部分。

三、四年前吧，龍舌蘭裡出現一個彬彬有禮的英國男人，展開對Fax的追求，他的追求並不熾烈，畢竟不年輕了，當然他一年之中絕大多數的時間不在臺北，也是另一個原因，照他的說法，他第一次走進龍舌蘭，就愛上了Fax，愛上了她的笑，男人的工作要在亞洲四處出差，停留在臺北的時間在他的行事曆上不到十分之一，但他努力調整，重新安排航班，儘量以臺北作爲中轉站，減少在香港、首爾、東京、上海停留的時間，將更多的空檔安排在臺北，爲了見到Fax。

Fax和我提起這個男人，雖然她無意與他交往，Fax說，一直講英語太累了，但是，追求者的出現還是可以滿足Fax獅子座的虛榮心，更何況還是個體面的男人。

一開始，我一直沒見到他，時間總不巧吧，我倒是拿到了他送給Fax的一瓶香水，叫做維多利亞的秘密花園，那一個系列的身體乳我也喜歡，都是花果味的，氣息甜美，而這也是Fax收到香水後轉送給我的原因，她不喜歡甜美的氣味。她突然想要克莉絲汀迪奧的茉莉香水，那不是一款稀奇的香水，在我二十幾歲時，也用過兩瓶，但是，十幾年過去，各品牌香水年年推陳出新，茉莉香水就買不到了，迪奧的經典款應該算是毒藥，不然迪奧小姐也可以列入吧。Fax 高調的在龍舌蘭說她想要茉莉香水，有人說航空公司有熟人，可以在免稅商品中調貨；有人更直接，說認識迪奧公司的人，直接就能拿。我當時一年中總要經過香港機場六、七次，但我從未去免稅店裡的迪奧專櫃問過有沒有茉莉香水，我覺得 Fax 並不想從我這兒拿到，她和我說這件事，只不過是說的同時，吧檯區的其他人也聽得到，偏偏沒人告訴英國男人，後來我知道他叫做 John。那些表示輕易可以爲 Fax 找來茉莉香水的人，全都沒有進一步結果，其實是沒放在心上吧，不然，也不難找，最後，爲 Fax 買來茉莉香水的還是林達恩。

有一天，我終於見到了 John，之前導演和他聊得最多，導演留學倫敦，他告訴我 John 的英語用法相當優雅，家世教育背景應該很不錯，可能是導演這幾句話，促使我想幫幫他，所以見到他之後，我以蹩腳的英語建議他，學中文向 Fax 展現自己的誠意，他說，他在學，他買了教學 CD，有空就聽，但一來他太忙，另一方面中文對他也太困難，總之，完全沒有進展，連簡單的幾句對話，他還是說不上來。導演聽了，也說，我的建議太強人所難，一個四十多歲的人重新學一門語言，談何容易。但我的建議又不是讓他學的多麼好，不過是讓 Fax 看見他的眞心。

John 來來去去，在龍舌蘭前後總徘徊了一年多，Fax 不爲所動，後來 John 送了她一枚施華洛世奇的別針，Fax 倒是收下了，是一枚用綠色藍色水晶鑲成的長尾鳥，我以爲她的心意有些鬆動，拒絕的不那麼堅定，當然，除了對於異國戀情的排拒，林達恩是更大的阻力。John 也許也感覺到了 Fax 態度有轉圜，他積極提出邀約，Fax 和他吃了一次飯，John 說，下次他來臺北時，兩人一起租車去北橫，Fax 沒有答應，但也沒有拒絕，John 以爲自己得到默許，兩個星期後他興致勃勃的計畫，北横是他在旅遊書上看到的路線，但他出現在龍舌蘭時，才知道 Fax 不會和他一起出遊。

John 放棄了，不知道是覺得無法打動 Fax，或是自尊受傷，還是累了，想通了，畢竟天涯何處無芳草，總而言之，他再也沒有出現在龍舌蘭。

我其實不能確定，自己每每鼓勵 Fax 試著和別人交往，爲的是什麼？過去我一直認爲是因爲林達恩已婚，Fax 其實想要一個婚禮，想要自己的孩子，和林達恩在一起後，她身心俱傷。但是，當 John 出現時，我覺得我不顧林達恩和 Fax 多年的情感，還有一個主要的原因，不僅是因爲林達恩已婚的身份，也因爲他其實對 Fax 不夠好，他不珍惜 Fax，不疼 Fax，一個女人不論多麼堅強，有時還是需要自己的男人疼寵。我看不到他證明自己的眞心，我建議 John 學中文，想要證明的不是中文能力，而是心意，一瓶茉莉香水是無法證明的，但也許對 Fax 來說好過沒有，環繞在吧檯的男人說會爲她帶來茉莉香水的承諾沒有實現，林達恩沒說要找，卻拿來了，這是她看的見的，實際的，而且熟悉的，雖然林達恩對她不夠好，但至少他的感情是已知的，不是未知的。

二〇一〇年秋，印尼發生地震後，引發海嘯和火山噴發，在海嘯發生大約五天，印尼的救援人員在一片海拔較高的地方發現了一百三十多名生還者，這些獲救人員原本都列在失蹤名單上，根據報導，印尼災害管理部門的官員說：「救援人員在北巴蓋島的一片地勢較高的地方發現了一些失蹤的人員，我們花費數天才找到他們。這些人並非不願意回到各自的村子，他們是害怕再次遭到海嘯的襲擊。」可是另外有一批人在海嘯發生時選擇了進入教堂避難，他們就沒有這麼幸運了，整座教堂遭海浪沖毀，他們無一倖免。我讀著這一則新聞，突然想起龍舌蘭對面的那一座教堂，我們每每在微醺時眼光呆滯的停留處，彷彿對生命有所領悟。印尼海嘯中教堂避難的遇險者，是否預示了什麼？信仰無用，還是，我們以爲的庇佑，有時是以另一種形式存在？一種我們還不瞭解的形式，誰又知道這不是上帝的安排呢？冥冥中未知的力量，自有其規律，只是我們看不破罷了。

Fax 走後，她的妹妹告訴我，問了一位師父，關於姊姊的猝死，師父說：「該還的都還完了，所以是時候走了。」該還的還了，什麼是該還的？對於不能釋懷的人世情緣，總有人願意用還債來解釋，所以中國人過去說：

無冤不成夫妻，無仇不成父子。那麼，多年來，總在龍舌蘭吃晚飯宵夜的人，和 Fax 又是一種什麼樣的緣法？這一生 Fax 的渡化，竟是張羅大家吃了幾年飯。

寒暑假回臺時，總會在傍晚接到 Fax 的電話，問我要不要過去吃飯？尤其是她過世前兩年，我初以爲她想我一人在臺北，所以叫我過去吃，多數時候我懶得過去，後來我發現，在她那吃飯的人不少，簡直有搭伙的趨勢，吃飯的人到了，自去拿一副碗筷，坐下便吃，不需要付錢，除非另喝了酒。Fax 通常會煮一鍋湯，這是多年來的習慣了，龍舌蘭總有一鍋湯，裡面隨時添加各色食材，玉米、貢丸、豆腐、鴨血之類，另外佐酒的小菜零食也總是有的，但後來品類愈添愈多，從原本的花生米豆乾海帶豬耳朵，發展成鍋貼小籠包蟹殼黃紹興醉雞糖醋排骨，我只以爲 Fax 一向喜歡照顧人，且向來不計較錢，所以食客愈來愈多，也都成了 Fax 的朋友，晚餐時段從七點進展到九點，該吃的都吃了，十一點又該有人餓了，Fax 問這個要不要吃滷蛋，問那個要不要吃爆米花，沒人吃時，她微微顯得失落。林達恩曾說，Fax 喜歡張羅吃食，勸人進食，已經到病態的地步，自己不吃，卻直往別人碗裡添。我說，最好吧檯邊坐的客人能像海洋公園裡的海狗，Fax 一拋出食物，就跳起來接食，吞下肚後，還要拍手表達高興。Fax 當時對於我的描繪感到滿意，可惜客人們技術不如海狗，要完成上述一連串動作，還需要訓練。但，Fax 猝然離世後，我卻隱隱覺得，這竟是一種渡化，一種將緣分結清的方式，只是我不知道這一場又一場的晚餐背後，隱藏的前世因緣是什麼？

我最後收到 Fax 寫給我的一封信，告訴我她換了新髮型，等我回去看了准嚇一跳，還問我回去想吃什麼？每一次我回去前，她都會在信裡問我想吃什麼，二〇〇八年那一場大地震發生後，我在成都，當晚接到 Fax 和會長的電話，Fax 也問我想吃什麼，我總以爲那是她表示關愛的方式，我說：「崇光百貨山崎麵包專賣店的丹麥土司。」Fax 有點訝異，她問就這樣？我說就這樣，其實成都的高島屋也有山崎麵包專賣店，但我覺得還是臺北的好吃些，也許是自己買來的，滋味總不如一個掛念你的人，特意爲你買來的。

以後大概沒人會去爲我買了。

我一直沒刪掉 Fax 的信，甚至很長一段時間裡，我一直相信，只要我按下回復，Fax 仍會收到我的信。

她會收到。

只是我沒有這麼做。

當我接到導演的電話，告訴我 Fax 去世的消息後，我曾經有一種想法，覺得 Fax 終於被釋放了，這些年她幾乎可以說是被禁錮在龍舌蘭，她不願意踏出去，不願意接觸陌生的環境，不願意嘗試其他可能，不願意探索未知的關係。六年前吧，有人找她合作到北京開夜店，Fax 毋須出資，但可以得到乾股，她和我商量，我鼓勵她去，並且承諾如果她去，我也去幫忙打工，我知道 Fax 其實接受不了孤單，Fax 聽了，只說：「不是每個人都像你一樣，把離開看得這麼簡單。」那是我首次明白 Fax 當年對我到成都的看法，也是我首度發現，Fax 離不開林達恩，不論原因爲何，她其實不打算離開他。包括後來林達恩爲 Fax 安排了一個在深圳的工作，Fax 一口回絕，我其實根本就明白，爲何還要勸她，甚至爲了讓她離開，我還計畫就近在深圳附近找工作，全都是徒勞。

她離不開的原因是什麼？我不死心的原因又是什麼？我希望她離開的究竟是林達恩？還是晝伏夜出的日子？我曾經以爲，只要她願意離開，就可以有不一樣的人生，爲什麼我不接受，她不想要不一樣的人生。

我接受 Fax 大概會這樣過一輩子是在 Fax 父親中風後，療養院的醫療費加上看護費每個月都要一大筆花費，Fax 告訴我，大部分的錢是林達恩拿出來的，Fax 說時，有釋懷，也有對自己的交代。

我知道 Fax 是眞的走不了了，這所有的牽絆負擔，除非她死，她是卸不下來的。

現在她可以卸下來了，我所說的一切的記憶，一切的愛怨情仇都可以卸下來了。

我彷彿看見十一歲的 Fax 坐在鋼琴前，手指有力的按下最後一枚琴鍵，彈出最後一個音符，她驕傲的站起身，對著臺下鼓掌的觀眾們深深一鞠躬，臉上掛著微笑，她曾經是臺中市兒童鋼琴比賽的冠軍，Fax 的爸媽坐在臺下，他們眼中的女兒擁有美麗的前途，絕對不會是離家二十年未歸，最後只能接回女兒的牌位。我彷彿看見還只是個小女孩的 Fax，她可以擁有不一樣的人生，只要她在接下來的路上，做出一個不一樣的選擇，很可能只要一個，往後的人生都將改寫。

我彷彿眞的看見一個小女孩，走了另一條路，進入了別所高中，結果她沒遇到 JZ，自然也不會與我相遇，另一個長大的 Fax，在世界某一個我所不知道的街區，寧靜的生活著，也許有一個女兒，也得到了兒童組鋼琴比賽的冠軍，另一個 Fax，她得到了她應有的幸福。

只不過，對於我們，曾經在龍舌蘭消磨時間，在龍舌蘭寄存記憶，在龍舌蘭釋放情緒，在龍舌蘭度過十個跨年夜，的我們，從今往後，一切都將不一樣了。

別後

別後

錢鍾書的《圍城》裡這樣寫道：「心像和心裡的痛在賽跑，要跑得快，不讓這痛趕上，胡扯些不相干的話，仿佛拋擲些障礙物，能暫時攔阻這痛的追趕。」你走了以後，很長一段時間，我就是這樣的感覺，我不能提到你，和你相關的事也不能，可我的腦子又無法控制的不斷想到你。我覺得自己接下來的人生像是一本裝訂錯了的書，還遺失了許多書頁，再也無法拼湊出原本的樣貌。

當你失去一樣珍貴的東西時，總是會忍不住回想起，初相遇的甜美，那甜美在初遇的那一刻，其實還不知情。

第一次見到你，是在臺中綠川邊上的仁友公車站，你和 JZ 在一起，後來我才知道你們剛去千越百貨二樓吃牛排，而我剛從新大方書店的地下室走回地面，這樣的相遇，我總覺得你們略勝一籌。JZ 為我們做了介紹，JZ 是我幼稚園時代一起長大的朋友，而你是她中學最好的朋友，至少她是這麼告訴我的，你隨口和我開了個玩笑，雖然一身拘謹的白衣藍裙校服，頂著傻氣十足的短髮，但你看起來很開朗。那一年，你十六歲，我十五歲，從此我們開始了長長地相伴。現在回想起來，消失了的不僅是你，在更早的時候，千越百貨公司和新大方書店就已經從臺中的地表消失了。

教室裡，學生的課堂報告，講的是王小波，太太到國外進修時，因爲心肌梗塞過世，死時獨自在家，身邊再無他人，和你一樣，你離開時，也是獨自一人。那時的他比現在的你年輕，黃泉路上無老少，道理我懂，卻無法因此覺得比較能接受你的離開。年輕的學生望著我，輕聲說，老師，生命無常啊！

他們不知道，你走了，我失去的不僅是你，還有我們共同的記憶，再無憑證。二十三歲的時候，我出版了第一本小說，高興的叫你去書店買，那時候新大方還在，我常故意走下樓梯看老闆將我的書放在哪，如果湊巧遇到有人正翻閱我的書，我就會在心裡高興上一陣子。我想你是爲我驕傲的，每次你向別的朋友介紹我時，總說：「她是寫小說的哦，以後她會寫一本小說叫做我的前半生，主角就是我。」現在我卻發現，隨著時間的流逝，我們相伴越久，我越不知道如何寫你，以及屬於你的故事。

你一直想披上白紗，至少一回，感情路上卻一直所遇非人，始終沒能完成心願，雖然你曾開玩笑說，我結婚，可使全天下的男人都得到解脫，只有一個男人倒楣；但如果你嫁人，就是全天下的男人損失，只有一個男人得到幸福，所以你才沒嫁。

下課鐘響，我收拾好東西從前門走出教室，一男一女兩個學生追著喊我，接著討論剛才課堂上提及的作品，男同學說，老師，這篇小說裡的主人翁似乎隨時可以拋下自己的人生，這是不現實的啊！我隨口反問，你認爲現實人生是怎樣的？女同學搶著說，至少要結婚生子。

成爲一名賢妻良母是你中學時代的心願，卻直到你離開人世都沒能實現。學校畢業工作數年的你勇敢和同事一起離職創業，卻也爲日後多舛的命運埋下伏筆，昔時共同創業的夥伴捲款潛逃，你幾番掙扎，依然無法再起。愛情和事業的雙重打擊，我甚至不知何者傷你更重。

婚前，我曾經住在你樓下，後來又搬到你對面，去臺中看你時，我留意到你對面的塔位仍是閒置的，我猶豫了一下，要先訂下，將來繼續和你當鄰居嗎？那段日子，不上班的時候，我們常常一起逛街吃飯，忠孝商圈的高雄木瓜牛奶、溫莎小鎮、聖瑪莉咖啡，往東的賽馬義大利餐廳、明洞韓國料理，往南的鑽石樓、躲貓貓，往北的京兆尹、中興百貨，我們曾經出入的這些地方，都已從臺北地圖徹底消失。消失的名單上，最讓我們念念不忘的，當然就是我們曾在新生南路經營的 Pub 蝴蝶養貓，和延吉街的三布五石。

一九九二年一月，我們不經思索的頂下了第一家店，那時你每天從貿易公司下了班就去開店，等到十點半，報社下班的我也就來了，一些不明究裡的酒商背後稱呼我們是苦情姊妹花，以為姊姊辛苦供妹妹讀書，妹妹夜校下了課就趕來幫姊姊。這些鐫刻著我們足跡話語的場所，通通在你離開前業已消失，記憶還留下些什麼給我，竟像是我平白哄了自己一場，歡笑悲傷全沒了憑據。

校舍走廊光線幽暗，盡頭的玻璃窗撒進的大片陽光，尚不足以漫淹至腳邊。我說，人生有很多種選擇，不是僅有單一選項，女同學仍在搶話，我媽說，中國人最重傳宗接代，孩子一定得生，那麼晚生不如早生。簡潔有力的人生哲學，你也曾這樣想嗎？怎麼沒人告訴你，如果你這樣做了，人生會有所不同嗎？我忍著沒跟學生說，人生除了死亡，其他所有選擇都不是唯一不可變的啊，生孩子不是，結婚更不是，只有死亡才是。

我以爲無論人生怎樣往下走，至少我的身邊還有你，在我們老了以後，一起囉囉嗦嗦的數叨著，我們以前哪……我從沒想過你會比我們之中的誰先離開，一起變老成了不可能的願望時，原本對衰老的無奈與哀傷，此刻卻突然有了幾分溫馨，只是我永遠失去了這機會。你走的那天，我在杭州，回臺後，朋友向我說起你走後的種種，我腦子裡浮現的卻是杭州窗外的雪景，接到你驟然離世的電話時，我正在廚房準備晚餐，掛了電話後，我回到廚房打開瓦斯爐，在鍋裡倒入油，依序放入蔥段、肉絲、木耳和金菇，我完全不相信你已經走了，我繼續工作、吃飯、睡覺，直到有一天早上醒來，發現窗外的街道、花圃、屋頂，全都覆蓋著白雪，在白茫茫的世界裡，是賈寶玉回身告別俗世的雪地，我突然明白，你走了的事實。

我想起了小說《City》中的一段對話，「我爲什麼還活著？」「這是酒吧，你要教堂的話，在路的那邊。」龍舌蘭酒吧從臺北消失了，酒吧對面的天主教堂還在，我曾以爲那座教堂會先搬走，寂寞的夜晚，微醺時我們也曾拿那座教堂開開玩笑、發發感慨，原來生死問題只適合教堂，不適合酒吧。

過了七七，我才夢見你，也是在你的酒吧，你見我來了，卻沒和我說話，反而打電話給二叔，要二叔催我快走。我聽見你說，楊明來了，二叔問，你沒告訴她嗎？你回答，我沒想到她會來這啊。朋友聽完我的夢，推測我誤入冥界，所以你急著要我走。

就是在我認清你走了是無法改變的事實的那一刻，我恍然明白，白雪是上天給人類的恩賜，這是生存在亞熱帶的我們沒能發現的。每年隆冬的白雪將一切覆蓋住，你熟悉的街道、樓宇，遊走潛藏其間的愛怨慾嗔，一併不見，你以爲在你心裡，但眼前不見，遂失憑依，北國冬日，原是休憩之際，田裡農活已停，萬物具休，直到來春，人的心念也在白雪皚皚的覆蓋下冷寂了下去，不得不放下。我們卻不明白天地四時的道理，執著盎然愛慾，熾烈不息，只知夏耘，不知冬藏，於是你提前用盡額度，刷爆了時間給你唯一的一張卡，直到離去的一刻，才不得不學會了放手。

我也必須鬆開我的手，前去臺中看你的那天，朋友囑我別哭，有人說生者的眼淚，會讓往生者不捨離去。於是，我對你說，既然走了，就放心地走，你曾說你沒法像我一樣，在感情尚未耗盡前瀟灑離開，這回你不就這樣做了嗎，搶在我前面，去了另一個國度。隨著年齡的增長，愈來愈多的朋友去了那一邊，我寧願當做你們移民了，總有一天我也會拿到那一個國度的簽證，只是這一回你竟然背著我偷偷先辦了。

徐志摩的詩，我們年輕時曾經唱過的：假如你願意，請記著我，要是你甘心忘了我。在悠久的墳墓中迷惘，陽光不升起也不消翳，我也許，也許我還記得你，我也許把你忘記。

那時不懂的哀傷，歲月已經都教給了我們。

二魚文化　文學花園　C103

從今往後

作　　者　楊　明
責任編輯　鄧文瑜
美術設計　費得貞
編輯主任　葉菁燕
讀者服務　詹淑真

出 版 者　二魚文化事業有限公司
地址　106 臺北市大安區和平東路一段 121 號 3 樓之 2
網址　www.2-fishes.com
電話　(02)23515288
傳真　(02)23518061
郵政劃撥帳號　19625599
劃撥戶名　二魚文化事業有限公司
法律顧問　林鈺雄律師事務所

總 經 銷　大和書報圖書股份有限公司
電話　(02)89902588
傳真　(02)22901658

製版印刷　龍虎電腦排版股份有限公司
初版一刷　二〇一四年一月
I S B N　978-986-5813-16-1
定　　價　三〇〇元

題字篆印　李蕭錕

國家圖書館出版品預行編目(CIP)資料

從今往後/楊明著.--初版.
--臺北市:二魚文化,2014.01
304面;14.8x21公分.--(文學花園
;C103)
ISBN 978-986-5813-16-1(平裝)

857.63　　102025906

二魚文化 讀者回函卡

讀者服務專線：（02）23515288

感謝您購買此書，為了更貼近讀者的需求，出版您想閱讀的書籍，請撥冗填寫回函卡，二魚將不定時提供您最新出版訊息、優惠活動通知。
若有寶貴的建議，也歡迎您 e-mail 至 2fishes@2-fishes.com，我們會更加努力，謝謝！

姓名：＿＿＿＿＿＿＿＿ 性別：□男　□女　職業：＿＿＿＿＿＿

出生日期：西元＿＿＿年＿＿月＿＿日 E-mail：＿＿＿＿＿＿＿＿＿＿＿＿

地址：□□□□□ ＿＿＿＿＿縣市＿＿＿＿＿鄉鎮市區＿＿＿＿＿路街＿＿＿段
＿＿＿巷＿＿＿弄＿＿＿號＿＿＿樓

電話：（市內）＿＿＿＿＿＿＿＿（手機）＿＿＿＿＿＿＿＿

1. 您從哪裡得知本書的訊息？
□逛書店時　□看報紙（報名：＿＿＿＿＿＿）
□逛便利商店時　□聽廣播（電臺：＿＿＿＿＿＿）
□上量販店時　□看電視（節目：＿＿＿＿＿＿）
□朋友強力推薦　□其他地方，是＿＿＿＿＿＿
□網路書店（站名：＿＿＿＿＿＿）

2. 您在哪裡買到這本書？
□書店，哪一家＿＿＿＿＿＿　□網路書店，哪一家＿＿＿＿＿＿
□量販店，哪一家＿＿＿＿＿＿　□其他＿＿＿＿＿＿
□便利商店，哪一家＿＿＿＿＿＿

3. 您買這本書時，有沒有折扣或是減價？
□有，折扣或是買的價格是＿＿＿＿＿＿
□沒有

4. 這本書哪些地方吸引您？（可複選）
□內容剛好是您需要的　□封面設計很漂亮
□價格便宜　□內頁排版閱讀舒適
□是您喜歡的作者　□您是二魚的忠實讀者

5. 哪些主題是您感興趣的？（可複選）
□新詩 □散文 □小說 □商業理財 □藝術設計 □人文史地 □社會科學
□自然科普 □醫療保健 □心靈勵志 □飲食 □生活風格 □旅遊 □宗教命理 □親子教養
□其他主題，如：＿＿＿＿＿＿＿＿＿＿＿＿

6. 對於本書，您希望哪些地方再加強？或其他寶貴意見？

＿＿＿＿＿＿＿＿＿＿＿＿＿＿＿＿＿＿＿＿＿＿＿＿

＿＿＿＿＿＿＿＿＿＿＿＿＿＿＿＿＿＿＿＿＿＿＿＿

廣告回信
台北郵局登記證
台北廣字第02430號
免貼郵票

106 臺北市大安區和平東路一段 121 號 3 樓之 2

二魚文化事業有限公司 收

請沿線剪下後，對折以膠帶黏貼，免貼郵票，直接投入郵筒寄回！

文學花園系列

C103 從今往後

●姓名

●地址

二魚文化